Brás, Bexiga e Barra Funda

Laranja da China

ALCÂNTARA MACHADO

Brás, Bexiga e Barra Funda

Laranja da China

Lafonte

Título – Brás, Bexiga e Barra Funda / Laranja da China
Copyright da atualização © Editora Lafonte Ltda. 2019

ISBN 978-85-8186-341-2

Todos os direitos reservados.
Nenhuma parte deste livro pode ser reproduzida por quaisquer meios existentes sem autorização por escrito dos editores e detentores dos direitos.

Direção Editorial Ethel Santaella
Atualização do texto Suely Furukawa
Textos da capa Dida Bessana
Diagramação Demetrios Cardozo
Imagem de capa Antonio Gravante / Shutterstock

Dados Internacionais de Catalogação na Publicação (CIP)
(Câmara Brasileira do Livro, SP, Brasil)

```
Machado, Antônio de Alcântara, 1901-1935.
   Brás, Bexiga e Barra Funda e Laranja da China /
Alcântara Machado. -- São Paulo : Lafonte, 2019.

   ISBN 978-85-8186-341-2

   1. Contos brasileiros I. Título.

19-24200                              CDD-B869.3
```

Índices para catálogo sistemático:

1. Contos : Literatura brasileira   B869.3

Iolanda Rodrigues Biode - Bibliotecária - CRB-8/10014

Editora Lafonte

Av. Profª Ida Kolb, 551, Casa Verde, CEP 02518-000, São Paulo-SP, Brasil
Tel.: (+55) 11 3855-2100, CEP 02518-000, São Paulo-SP, Brasil
Atendimento ao leitor (+55) 11 3855-2216 / 11 – 3855-2213 – atendimento@editoralafonte.com.br
Venda de livros avulsos (+55) 11 3855-2216 – vendas@editoralafonte.com.br
Venda de livros no atacado (+55) 11 3855-2275 – atacado@escala.com.br

ÍNDICE

BRÁS, BEXIGA E BARRA-FUNDA
- ARTIGO DE FUNDO 10
- GAETANINHO 12
- CARMELA 14
- TIRO DE GUERRA Nº 35 18
- AMOR E SANGUE 22
- A SOCIEDADE 24
- LISETTA 27
- CORINTHIANS (2) VS. PALESTRA (1) 29
- NOTAS BIOGRÁFICAS DO NOVO DEPUTADO 33
- O MONSTRO DE RODAS 37
- ARMAZÉM PROGRESSO DE SÃO PAULO 39
- NACIONALIDADE 42

LARANJA DA CHINA
- O REVOLTADO ROBESPIERRE 49
- O PATRIOTA WASHINGTON 51
- O FILÓSOFO PLATÃO 55
- A APAIXONADA ELENA 59
- O INTELIGENTE CÍCERO 62
- A INSIGNE CORNÉLIA 67
- O MÁRTIR JESUS 73
- O LÍRICO LAMARTINE 78
- O INGÊNUO DAGOBERTO 80
- O AVENTUREIRO ULISSES 85
- A PIEDOSA TERESA 88
- O TÍMIDO JOSÉ 91

Brás, Bexiga e Barra Funda

À memória de
Lemmo Lemmi (Voltolino)
e ao triunfo dos novos mamalucos.
Alfredo Mário Guastini
Vicente Rao
Antônio Augusto Covello
Paulo Menotti Del Picchia
Nicolau Naso
Flaminio Fávero
Victor Brecheret
Anita Malfatti
Mário Graciotti
Conde Francisco Matarazzo Júnior
Francisco Pati
Sud Menucci
Francisco Mignone
Menotti Sainatti
Heribaldo Siciliano
Teresa Di Marzo
Bianco Spartaco Gambini
Italo Hugo

San Vincenzo è l'vltima colonia de' portoghesi: e perche è in vn paese lontanissimo, vi si sogliono condennare quei, che in portogallo hanno meritato la galera, ò cose tali.
Giovanni Botero. Le Relatione Universali. in Brescia. 1595.

Esta é a pátria dos nossos descendentes

Conde Francisco Matarazzo.

Discurso de saudação ao Dr. Washington Luís
São Paulo, 1926

ARTIGO DE FUNDO

Assim como quem nasce homem de bem deve ter a fronte altiva, quem nasce jornal deve ter artigo de fundo. A fachada explica o resto.

Este livro não nasceu livro: nasceu jornal. Estes contos não nasceram contos: nasceram notícias. E este prefácio portanto também não nasceu prefácio: nasceu artigo de fundo.

Brás, Bexiga e Barra Funda é o órgão dos ítalo-brasileiros de São Paulo. Durante muito tempo a nacionalidade viveu da mescla de três raças que os poetas xingaram de tristes: as três raças tristes.

A primeira, as caravelas descobridoras encontraram aqui comendo gente e desdenhosa de "mostrar suas vergonhas". A segunda veio nas caravelas. Logo os machos sacudidos desta se enamoraram das moças "bem gentis" daquela, que tinham cabelos *"mui pretos, compridos pelas espadoas"*.

E nasceram os primeiros mamalucos.

A terceira veio nos porões dos navios negreiros trabalhar o solo e servir a gente. Trazendo outras moças gentis, mucamas, mucambas, munibandas, macumas.

E nasceram os segundos mamalucos.

E os mamalucos das duas fornadas deram o empurrão inicial no Brasil. O colosso começou a rolar.

Então os transatlânticos trouxeram da Europa outras raças aventureiras. Entre elas uma alegre que pisou na terra paulista cantando e na terra brotou e se alastrou como aquela planta também imigrante que há duzentos anos veio fundar a riqueza brasileira.

Do consórcio da gente imigrante com o ambiente, do consórcio da gente imigrante com a indígena nasceram os novos mamalucos.

Nasceram os intalianinhos.

O Gaetaninho.

A Carmela.

Brasileiros e paulistas. Até bandeirantes.

E o colosso continuou rolando.

No começo a arrogância indígena perguntou meio zangada:

Carcamano pé-de-chumbo
Calcanhar de frigideira
Quem te deu a confiança
De casar com brasileira?

O pé-de-chumbo poderia responder tirando o cachimbo da boca e cuspindo de lado: A brasileira, *per Bacco!*
Mas não disse nada. Adaptou-se. Trabalhou. Integrou-se. Prosperou.
E o negro violeiro cantou assim:

Italiano grita
Brasileiro fala
Viva o Brasil
E a bandeira da Itália!

Brás, Bexiga e Barra Funda, como membro da livre imprensa que é, tenta fixar tão somente alguns aspectos da vida trabalhadeira, íntima e quotidiana desses novos mestiços nacionais e nacionalistas. É um jornal. Mais nada. Notícia. Só. Não tem partido nem ideal. Não comenta. Não discute. Não aprofunda.
Principalmente não aprofunda. Em suas colunas não se encontra uma única linha de doutrina. Tudo são fatos diversos. Acontecimentos de crônica urbana. Episódios de rua. O aspecto étnico- social dessa novíssima raça de gigantes encontrará amanhã o seu historiador. E será então analisado e pesado num livro.
Brás, Bexiga e Barra Funda não é um livro.
Inscrevendo em sua coluna de honra os nomes de alguns ítalo-brasileiros ilustres este jornal rende uma homenagem à força e às virtudes da nova fornada mamaluca. São nomes de literatos, jornalistas, cientistas, políticos, esportistas, artistas e industriais. Todos eles figuram entre os que impulsionam e nobilitam neste momento a vida espiritual e material de São Paulo.
Brás, Bexiga e Barra Funda não é uma sátira.

A Redação

GAETANINHO

– Xi, Gaetaninho, como é bom!

Gaetaninho ficou banzando bem no meio da rua. O Ford quase o derrubou e ele não viu o Ford.

O carroceiro disse um palavrão e ele não ouviu o palavrão.

– Eh! Gaetaninho! Vem pra dentro.

Grito materno sim: até filho surdo escuta. Virou o rosto tão feio de sardento, viu a mãe e viu o chinelo.

– *Súbito!*

Foi-se chegando devagarinho, devagarinho. Fazendo beicinho. Estudando o terreno. Diante da mãe e do chinelo parou. Balançou o corpo. Recurso de campeão de futebol. Fingiu tomar a direita. Mas deu meia volta instantânea e varou pela esquerda porta adentro.

Eta salame de mestre!

Ali na Rua Oriente a ralé quando muito andava de bonde. De automóvel ou carro só mesmo em dia de enterro. De enterro ou de casamento. Por isso mesmo o sonho de Gaetaninho era de realização muito difícil. Um sonho.

O Beppino por exemplo. O Beppino naquela tarde atravessara de carro a cidade. Mas como? Atrás da tia Peronetta que se mudava para o Araçá. Assim também não era vantagem.

Mas se era o único meio? Paciência.

Gaetaninho enfiou a cabeça embaixo do travesseiro.

Que beleza, rapaz! Na frente quatro cavalos pretos empenachados levavam a tia Filomena para o cemitério. Depois o padre. Depois o Savério noivo dela de lenço nos olhos. Depois ele. Na boléia do carro. Ao lado do cocheiro. Com a roupa marinheira e o gorro branco onde se lia: *Encouraçado São Paulo*. Não. Ficava mais bonito de roupa marinheira mas com a palhetinha nova que o irmão lhe trouxera da fábrica. E ligas pretas segurando as meias. Que beleza rapaz! Dentro do carro o pai os dois irmãos mais velhos (um de gravata vermelha outro de gravata verde) e o padrinho Seu Salomone. Muita gente nas calçadas, nas portas e nas janelas dos palacetes, vendo o enterro. Sobretudo admirando o Caetaninho.

Mas Gaetaninho ainda não estava satisfeito. Queria ir carregando o chicote. O desgraçado do cocheiro não queria deixar. Nem por um instantinho só.

Gaetaninho ia berrar mas a tia Filomena com a mania de cantar o "Ahi, Mari!" todas as manhãs o acordou.

Primeiro ficou desapontado. Depois quase chorou de ódio.

Tia Filomena teve um ataque de nervos quando soube do sonho de Gaetaninho. Tão forte que ele sentiu remorsos. E para sossego da família alarmada com o agouro tratou logo de substituir a tia por outra pessoa numa nova versão de seu sonho. Matutou, matutou, e escolheu o acendedor da Companhia de Gás, Seu Rubino, que uma vez lhe deu um cocre danado de doído.

Os irmãos (esses) quando souberam da história resolveram arriscar de sociedade quinhentão no elefante. Deu a vaca. E eles ficaram loucos de raiva por não haverem logo adivinhado que não podia deixar de dar a vaca mesmo.

O jogo na calçada parecia de vida ou morte. Muito embora Gaetaninho não estava ligando.

– Você conhecia o pai do Afonso, Beppino?

– Meu pai deu uma vez na cara dele.

– Então você não vai amanhã no enterro. Eu vou!

O Vicente protestou indignado:

– Assim não jogo mais! O Gaetaninho está atrapalhando!

Gaetaninho voltou para o seu posto de guardião. Tão cheio de responsabilidades.

O Nino veio correndo com a bolinha de meia. Chegou bem perto. Com o tronco arqueado, as pernas dobradas, os braços estendidos, as mãos abertas, Gaetaninho ficou pronto para a defesa.

– Passa pro Beppino!

Beppino deu dois passos e meteu o pé na bola. Com todo o muque. Ela cobriu o guardião sardento e foi parar no meio da rua.

– Vá dar tiro no inferno!

– Cala a boca, palestrino!

– Traga a bola!

Gaetaninho saiu correndo. Antes de alcançar a bola um bonde o pegou. Pegou e matou.

No bonde vinha o pai do Gaetaninho.

A gurizada assustada espalhou a notícia na noite.

– Sabe o Gaetaninho?

– Que é que tem?

— Amassou o bonde!

A vizinhança limpou com benzina suas roupas domingueiras.

Às dezesseis horas do dia seguinte saiu um enterro da Rua do Oriente e Gaetaninho não ia na boléia de nenhum dos carros do acompanhamento. Ia no da frente dentro de um caixão fechado com flores pobres por cima. Vestia a roupa marinheira, tinha as ligas, mas não levava a palhetinha.

Quem na boléia de um dos carros do cortejo mirim exibia soberbo terno vermelho que feria a vista da gente era o Beppino.

CARMELA

Dezoito horas e meia. Nem mais um minuto porque a madama respeita as horas de trabalho. Carmela sai da oficina. Bianca vem ao seu lado.

A Rua Barão de Itapetininga é um depósito sarapintado de automóveis gritadores. As casas de modas (Ao Chic Parisiense, São Paulo-Paris, Paris Elegante) despejam nas calçadas as costureirinhas que riem, falam alto, balançam os quadris como gangorras.

— Espia se ele está na esquina.

— Não está.

— Então está na Praça da República. Aqui tem muita gente mesmo.

— Que fiteiro!

O vestido de Carmela coladinho no corpo é de organdi verde. Braços nus, colo nu, joelhos de fora. Sapatinhos verdes. Bago de uva Marengo maduro para os lábios dos amadores.

— Ai que rico corpinho!

— Não se enxerga, seu cafajeste? Português sem educação!

Abre a bolsa e espreita o espelhinho quebrado, que reflete a boca reluzente de carmim primeiro, depois o nariz chumbeva, depois os fiapos de sobrancelha, por último as bolas de metal branco na ponta das orelhas descobertas.

Bianca por ser estrábica e feia é a sentinela da companheira.

— Olha o automóvel do outro dia.

— O caixa-d'óculos?

— Com uma bruta luva vermelha.

O caixa-d'óculos pára o Buick de propósito na esquina da praça.

— Pode passar.

— Muito obrigada.

Passa na pontinha dos pés. Cabeça baixa. Toda nervosa.

— Não vira para trás, Bianca. Escandalosa!

Diante de Álvares de Azevedo (ou Fagundes Varela) o Ângelo Cuoco de sapatos vermelhos de ponta afilada, meias brancas, gravatinha deste tamanhinho, chapéu à Rodolfo Valentino, paletó de um botão só, espera há muito com os olhos escangalhados de inspecionar a Rua Barão de Itapetininga.

— O Ângelo!

— Dê o fora.

Bianca retarda o passo.

Carmela continua no mesmo. Como se não houvesse nada. E o Ângelo junta-se a ela. Também como se não houvesse nada. Só que sorri.

— Já acabou o romance?

— A madama não deixa a gente ler na oficina.

— É? Sei. Amanhã tem baile na Sociedade.

— Que bruta novidade, Ângelo! Tem todo domingo. Não segura no braço!

— Enjoada!

Na Rua do Arouche o Buick de novo. Passa. Repassa. Torna a passar.

— Quem é aquele cara?

— Como é que eu hei de saber?

— Você dá confiança para qualquer um. Nunca vi, puxa! Não olha pra ele que eu armo já uma encrenca!

Bianca rói as unhas. Vinte metros atrás. Os freios do Buick guincham nas rodas e os pneumáticos deslizam rente à calçada. E estacam.

— Boa tarde, belezinha...

— Quem? Eu?

— Por que não? Você mesma...

Bianca rói as unhas com apetite.

— Diga uma cousa. Onde mora a sua companheira?

— Ao lado de minha casa.

— Onde é sua casa?

— Não é de sua conta.

O caixa-d'óculos não se zanga. Nem se atrapalha. É um traquejado.

— Responda direitinho. Não faça assim. Diga onde mora.

— Na Rua Lopes de Oliveira. Numa vila. Vila Margarida nº 4. Carmela mora com a família dela no 5.

– Ah! Chama-se Carmela... Lindo nome. Você é capaz de lhe dar um recado?

Bianca rói as unhas.

– Diga a ela que eu a espero amanhã de noite, às oito horas, na rua... na.... atrás da Igreja de Santa Cecília. Mas que ela vá sozinha, hein? Sem você. O barbeirinho também pode ficar em casa.

– Barbeirinho nada! Entregador da Casa Clark!

– É a mesma cousa. Não se esqueça do recado. Amanhã, as oito horas, atrás da igreja.

– Vá saindo que pode vir gente conhecida.

Também o grilo já havia apitado.

– Ele falou com você. Pensa que eu não vi?

O Ângelo também viu. Ficou danado.

– Que me importa? O caixa-d'óculos disse que espera você amanhã de noite, às oito horas, no Largo Santa Cecília. Atrás da igreja.

– Que é que ele pensa? Eu não sou dessas. Eu não!

– Que fita, Nossa Senhora! Ele gosta de você, sua boba.

– Ele disse?

– Gosta pra burro.

– Não vou na onda.

– Que fingida que você é!

– *Ciao.*

– *Ciao.*

Antes de se estender ao lado da irmãzinha na cama de ferro Carmela abre o romance à luz da lâmpada de 16 velas: Joana a Desgraçada ou A Odisséia de uma Virgem, fascículo 2.0

Percorre logo as gravuras. Umas tetéias. A da capa então é linda mesmo. No fundo o imponente castelo. No primeiro plano a íngreme ladeira que conduz ao castelo. Descendo a ladeira numa disparada louca o fogoso ginete. Montado no ginete o apaixonado caçula do castelão inimigo de capacete prateado com plumas brancas. E atravessada no cachaço do ginete a formosa donzela desmaiada entregando ao vento os cabelos cor de carambola.

Quando Carmela reparando bem começa a verificar que o castelo não é mais um castelo mas uma igreja o tripeiro Giuseppe Santini berra no corredor:

– *Spegni la luce! Subito! Mi vuole proprio rovinare questa principessa!*

E – raatá! –- uma cusparada daquelas.
– Eu só vou até a esquina da Alameda *Glette*. Já vou avisando.
– Trouxa. Que tem?
No Largo Santa Cecília atrás da igreja o caixa-d'óculos sem tirar as mãos do volante insiste pela segunda vez:
– Uma voltinha de cinco minutos só... Ninguém nos verá. Você verá. Não seja má. Suba aqui.
Carmela olha primeiro a ponta do sapato esquerdo, depois a do direito, depois a do esquerdo de novo, depois a do direito outra vez, levantando e descendo a cinta. Bianca rói as unhas.
– Só com a Bianca...
– Não. Para quê? Venha você sozinha.
– Sem a Bianca não vou.
– Está bem. Não vale a pena brigar por isso.
– Você vem aqui na frente comigo. A Bianca senta atrás.
– Mas cinco minutos só. O senhor falou...
– Não precisa me chamar de senhor. Entrem depressa.
Depressa o Buick sobe a Rua *Viridiana*.
Só pára no Jardim América.
Bianca no domingo seguinte encontra Carmela raspando a penugenzinha que lhe une as sobrancelhas com a navalha denticulada do tripeiro Giuseppe Santini.
– Xi, quanta cousa pra ficar bonita!
– Ah! Bianca, eu quero dizer uma cousa pra você.
– Que é?
– Você hoje não vai com a gente no automóvel. Foi ele que disse.
– Pirata!
– Pirata por quê? Você está ficando boba, Bianca.
– É. Eu sei por quê. Piratão. E você, Carmela, sim senhora! Por isso é que o Ângelo me disse que você está ficando mesmo uma vaca.
– Ele disse assim? Eu quebro a cara dele, hein? Não me conhece.
– Pode ser, não é? Mas namorado de máquina não dá certo mesmo.
Saem à rua suja de negras e cascas de amendoim. No degrau de cimento ao lado da mulher Giuseppe Santini torcendo a belezinha do queixo cospe e cachimba, cachimba e cospe.
– Vamos dar uma volta até a Rua das Palmeiras, Bianca?
– *Andiamo*.

Depois que os seus olhos cheios de estrabismo e despeito vêem a lanterninha traseira do Buick desaparecer, Bianca resolve dar um giro pelo bairro. Imaginando cousas. Roendo as unhas. Nervosíssima.

Logo encontra a Ernestina. Conta tudo ã Ernestina.

– E o Ângelo, Bianca?

– O Ângelo? O Ângelo é outra cousa. É pra casar.

– Há!...

TIRO DE GUERRA Nº 35

No Grupo Escolar da Barra Funda Aristodemo Guggiani aprendeu em três anos a roubar com perfeição no jogo de bolinhas (garantindo o tostão para o sorvete) e ficou sabendo na ponta da língua que o Brasil foi descoberto sem querer e é o país maior, mais belo e mais rico do mundo. O professor Seu Serafim todos os dias ao encerrar as aulas limpava os ouvidos com o canivete (brinde do Chalé da Boa Sorte) e dizia olhando o relógio:

– Antes de nos separarmos, meus jovens discentes, meditemos uns instantes no porvir da nossa idolatrada pátria.

Depois regia o hino nacional. Em seguida o da bandeira. O pessoal entoava os dois engolindo metade das estrofes. Aristodemo era a melhor voz da classe. Berrando puxava o coro. A campainha tocava. E o pessoal desembestava pela Rua Albuquerque Lins vaiando Seu Serafim.

Saiu do Grupo e foi para a oficina mecânica do cunhado. Fumando Bentevi e cantando a Caraboo. Mas sobretudo com muita malandrice. Entrou para o Juvenil Flor de Prata F. C. (fundado para matar o Juvenil Flor de Ouro F. C.). Reserva do primeiro quadro. Foi expulso por falta de pagamento. Esperou na esquina o tesoureiro. O tesoureiro não apareceu. Estreou as calças compridas no casamento da irmã mais moça (sem contar a Joaninha). Amou a Josefina. Apanhou do primo da Josefina. Jurou vingança. Ajudou a empastelar o *Fanfulla* que falou mal do Brasil. Teve ambições. Por exemplo: artista do Circo Queirolo. Quase morreu afogado no Tietê.

E fez vinte anos no dia chuvoso em que a Tina (namorada do Linguiça) casou com um chofer de praça na polícia.

Então brigou com o cunhado. E passou a ser cobrador da Companhia Autoviação Gabrielle d'Annunzio. De farda amarela e polainas vermelhas.

Sua linha: Praça do Patriarca - Lapa. Arranjou logo uma pequena. No fim da Rua das Palmeiras. Ela vinha à janela ver o Aristodemo passar. O Evaristo era quem avisava por camaradagem tocando o cláxon do ônibus verde. Aristodemo ficava olhando para trás até o Largo das Perdizes.

E não queria mesmo outra vida.

Um dia porém, na seção "Colaboração das Leitoras" publicou A Cigarra as seguintes linhas de Mlle Miosótis sob o título de Indiscrições da Rua das Palmeiras:

"Por que será que o jovem A. G. não é mais visto todos os dias entre vinte e vinte e uma horas da noite no portão da casa da linda Senhorinha F. R. em doce colóquio de amor.? A formosa Julieta anda inconsolável! Não seja assim tão mauzinho, Seu A. G.! Olhe que a ingratidão mata..."

Fosse Mlle Miosótis (no mundo Benedita Guimarães, aluna mulata da Escola Complementar Caetano de Campos) indagar do paradeiro de Aristodemo entre os jovens defensores da pátria.

E saberia então que Aristodemo Guggiani para se livrar do sorteio ostentava agora a farda nobilitante de soldado do Tiro-de-Guerra n.º 35.

– Companhia! Per... filar!

No Largo Municipal o pessoal evoluía entre as cadeiras do bar e as costas protofônicas de Carlos Gomes para divertimento dos desocupados parados aos montinhos aqui, ali, à direita, à esquerda, lá, atrapalhando.

– Meia volta! Vol... ver!

O sargento cearense clarinava as ordens de comando. Puxando pela rapaziada.

– Não está bom não! Vamos repetir isso sem avexame!

De novo não prestou.

– Firme!

Pareciam estacas.

– *Meia volta!*

Tremeram.

– Vol... ver!

Volveram.

– *Abém!*

Aristodemo era o base da segunda esquadra.

Sargento Aristóteles Camarão de Medeiros, natural de São Pedro do Cariri, quando falava em honra da farda, deveres do soldado e grandeza da pátria arrebatava qualquer um.

Aristodemo só de ouvi-lo ficou brasileiro jacobino. Aristóteles escolheu-o para seu ajudante-de- ordens. Uma espécie de.

– Você conhece o hino nacional, criatura?

– Puxa, se conheço, Seu Sargento!

– Então você não esquece, não? Traz amanhã umas cópias dele para o pessoal ensaiar para o Sete de Setembro? Ah bom.

Aristodemo deu folga no serviço. Também levou um colosso de cópias.

E o primeiro ensaio foi logo à noite.

Ou-viram do I-piranga as margens plá-cidas...

– Parem que assim não presta não! Falta patriotismo. Vocês nem parecem brasileiros. Vamos!

Ou-viram do I-piranga as margens plácidas Da Inde-pendência o brado re-tumbante!

– Não é assim não. Retumbante tem que estalar, criaturas, tem que retumbar! É palavra. Como é que se diz mesmo?... é palavra... ah!... onomatopaica: **retumbante!**

E o hino rolou ribombando:

... a Inde-pendência o brado re-**tumban**-te! E o sol da li-berdade em raios ful...

De repente um barulho na segunda esquadra.

– Que esbregue é esse aí, criaturas?

Esbregue danado. O alemãozinho levou um tabefe de estilo. Onde entrou todo o muque de que pôde dispor na hora o Aristodemo.

– Está suspenso o ensaio. Podem debandar.

– Eu dei mesmo na cara dele, Seu Sargento. Por Deus do céu! Um bruto tapa mesmo. O desgraçado estava escachando com o hino do Brasil!

– Que é que você está me dizendo, Aristodemo?

– Escachando, Seu Sargento. Pode perguntar para qualquer um da esquadra. Em vez de cantar ele dava risada da gente. Eu fui me deixando ficar com raiva e disse pra ele que ele tinha obrigação de cantar junto com a gente também. Ele foi e respondeu que não cantava porque não era brasileiro. Eu fui e disse que se ele não era brasileiro é porque então era... um... eu chamei ele de... eu ofendi a mãe dele, Seu Sargento! Ofendi mesmo. Por Deus do céu. Então ele disse que a mãe dele não era brasileira para ele ser... o que eu disse. Então eu fui. Seu Sargento, achei que era demais e estraguei com a cara do desgraçado! Ali na hora.

– Vou ouvir as testemunhas do fato, Aristodemo. Depois procederei como for de justiça. *Fiat justitia* como diziam os antigos romanos. Confie nela, Aristodemo.

"Ordem do Dia
De conformidade com o ordenado pelo Ex.mo Sr. Dr. Presidente deste Tiro-de-Guerra e depois de ouvir seis testemunhas oculares e auditivas acerca do deplorável fato ontem acontecido nesta sede do qual resultou levar uma lapada na face direita o inscrito Guilherme Schwertz, nº 81, comunico que fica o citado inscrito Guilherme Schwertz, nº 81, desligado das fileiras do Exército, digo, deste Tiro-de-Guerra visto ter-se mostrado indigno de ostentar a farda gloriosa de soldado nacional Delas injúrias infamérrimas que ousou levantar contra a honra imaculada da mulher brasileira e principalmente da Mãe, acrescendo que cometeu semelhante ato delituoso contra a honra nacional no momento sagrado em que se cantava nesta sede o nosso imortal hino nacional. Comunico também que por necessidade de disciplina, que é o alicerce em que se firma toda corporação militar, o inscrito Aristodemo Guggiani, nº 117, único responsável pela lapada acima referida acompanhada de equimoses graves, fica suspenso por um dia a partir desta data. *Dura lex sed lex*. Aproveito porém no entretanto a feliz oportunidade para apontar como exemplo o supracitado inscrito Aristodemo Guggiani, nº 117, que deve ser seguido sob o ponto de vista do patriotismo, embora com menos violência apesar da limpeza, digo, da limpidez das intenções.

Aproveito ainda a oportunidade para declarar que fica expressamente proibido no pátio desta sede o jogo de futebol. Aqui só devemos cuidar da defesa da Pátria!

São Paulo, 23 de agosto de 1926.

(a) Sargento-Inspetor Aristóteles Camarão de Medeiros."

Aristodemo Guggiani logo depois apresentou sua demissão do cargo de cobrador da Companhia Autoviação Gabrielle d'Anunuzio. Sob aplausos e a conselho do Sargento Aristóteles Camarão de Medeiros. Trabalha agora na Sociedade de Transportes Rui Barbosa, Ltda. Na mesma linha: Praça do Patriarca - Lapa.

AMOR E SANGUE

Sua impressão: a rua é que andava, não ele. Passou entre o verdureiro de grandes bigodes e a mulher de cabelo despenteado.

– Vá roubar no inferno, Seu *Corrado*!

Vá sofrer no inferno, Seu Nicolino! Foi o que ele ouviu de si mesmo.

– Pronto! Fica por quatrocentão.

– Mas é tomate podre, Seu *Corrado*!

Ia indo na manhã. A professora pública estranhou aquele ar tão triste. As bananas na porta da Quitanda Tripoli Italiana eram de ouro por causa do sol. O Ford derrapou, maxixou, continuou bamboleando. E as chaminés das fábricas apitavam na Rua Brigadeiro Machado.

Não adiantava nada que o céu estivesse azul porque a alma de Nicolino estava negra.

– Ei, Nicolino! **Nicolino!**

– Que é?

– Você está ficando surdo, rapaz! A Grazia passou agorinha mesmo.

– Des-gra-ça-da!

– Deixa de fita. Você joga amanhã contra o Esmeralda?

– Não sei ainda.

– Não sabe? Deixa de fita, rapaz! Você...

– *Ciao*.

– Veja lá, hein! Não vá tirar o corpo na hora. Você é a garantia da defesa.

A desgraçada já havia passado.

Ao Barbeiro Submarino. Barba: 300 réis. Cabelo: 600 réis. Serviço Garantido.

– Bom dia!

Nicolino Fior d'Amore nem deu resposta. Foi entrando, tirando o paletó, enfiando outro branco, se sentando no fundo à espera dos fregueses. Sem dar confiança. Também Seu Salvador nem ligou.

A navalha ia e vinha no couro esticado.

– São Paulo corre hoje! É o cem contos!

O Temístocles da Prefeitura entrou sem colarinho.

– Vamos ver essa barba muito bem-feita! Ai, ai! Calor pra burro. Você leu no *Estado* o crime de ontem, Salvador? Banditismo indecente.

– Mas parece que o moço tinha razão de matar a moça.

– Qual tinha razão nada, seu! Bandido! Drama de amor cousa nenhuma. E amanhã está solto. Privações de sentidos. Júri indecente, meu Deus do Céu! Salvador, Salvador... – cuidado aí que tem uma espinha – ... este país está perdido!
– Todos dizem.
Nicolino fingia que não estava escutando. E assobiava a *Scugnizza*.
As fábricas apitavam.
Quando Grazia deu com ele na calçada abaixou a cabeça e atravessou a rua.
– Espera aí, sua fingida.
– Não quero mais falar com você.
– Não faça mais assim pra mim, Grazia. Deixa que eu vá com você. Estou ficando louco, Grazia. Escuta. Olha, Grazia! Grazia! Se você não falar mais comigo, eu me mato mesmo. Escuta. Fala alguma cousa por favor.
– Me deixa! Pensa que eu sou aquela fedida da Rua Cruz Branca?
– O quê?
– É isso mesmo.
E foi almoçar correndo.
Nicolino apertou o fura-bolos entre os dentes.
As fábricas apitavam.
Grazia ria com a Rosa.
– Meu irmão foi e deu uma bruta surra na cara dele.
– Bem-feito! Você é uma danada, Rosa. Xi!...
Nicolino deu um pulo monstro.
– Você não quer mesmo mais falar comigo, sua desgraçada?
– Desista!
– Mas você me paga, sua desgraçada!
– Nã-ã-o!
A punhalada derrubou-a.
– Pega! Pega! Pega!
– Eu matei ela porque estava louco, Seu Delegado!
Todos os jornais registraram essa frase que foi dita chorando.

Eu estava louco
Seu Delegado!
Matei por isso!
Bis
Sou um desgraçado!

O estribilho do Assassino por amor (Canção da atualidade para ser cantada coma música do "Fubá", letra de Spartaco Novais Panini) causou furor na zona.

A SOCIEDADE

– Filha minha não casa com filho de carcamano!

A esposa do Conselheiro José Bonifácio de Matos e Arruda disse isso e foi brigar com o italiano das batatas. Teresa Rita misturou lágrimas com gemidos e entrou no seu quarto batendo a porta. O Conselheiro José Bonifácio limpou as unhas com o palito, suspirou e saiu de casa abotoando o fraque.

O esperado grito do cláxon fechou o livro de Henri Ardel e trouxe Teresa Rita do escritório para o terraço.

O Lancia passou como quem não quer. Quase parando. A mão enluvada cumprimentou com o chapéu Borsalino. Uiiiiia - uiiiia! Adriano Melli calcou o acelerador. Na primeira esquina fez a curva. Veio voltando. Passou de novo. Continuou. Mais duzentos metros. Outra curva. Sempre na mesma rua. Gostava dela. Era a Rua da Liberdade. Pouco antes do número 259-C já sabe: uiiiiia-uiiiiia!

– O que você está fazendo aí no terraço, menina.

– Então nem tomar um pouco de ar eu posso mais?

Lancia Lambda, vermelhinho, resplendente, pompeando na rua. Vestido do Camilo, verde, grudado à pele, serpejando no terraço.

– Entre já para dentro ou eu falo com seu pai quando ele chegar!

– Ah, meu Deus, meu Deus, que vida, meu Deus!

Adriano Melli passou outras vezes ainda. Estranhou. Desapontou. Tocou para a Avenida Paulista.

Na orquestra o negro de casaco vermelho afastava o saxofone da beiçorra para gritar:

– Dizem que Cristo nasceu em Belém...

Porque os pais não a haviam acompanhado (abençoado furúnculo inflamou o pescoço do Conselheiro José Bonifácio) ela estava achando um suco aquela vesperal do Paulistano. O namorado ainda mais.

Os pares dançarmos maxixavam colados. No meio do salão eram um bolo tremelicante. Dentro do círculo palerma de mamãs, moças feias e moços enjoados. A orquestra preta tonitroava. Alegria de vozes e sons. Palmas contentes prolongaram o maxixe. O banjo é que ritmava os passos.

– Sua mãe me fez ontem uma desfeita na cidade.
– Não!
– Como não? Sim senhora. Virou a cara quando me viu.
... mas a história se enganou!

As meninas de ancas salientes riam porque os rapazes contavam episódios de farra muito engraçados. O professor da Faculdade de Direito citava Rui Barbosa para um sujeitinho de óculos. Sob a vaia do saxofone: turururu-turururum!

– Meu pai quer fazer um negócio com o seu.
– Ah sim?

Cristo nasceu na Bahia, meu bem...

O sujeitinho de óculos começou a recitar Gustave Le Bon mas a destra espalmada do catedrático o engasgou. Alegria de vozes e sons.

... e o baiano criou!

– Olhe aqui, Bonifácio: se esse carcamano vem pedir a mão de Teresa para o filho, você aponte o olho da rua para ele, compreendeu?
– Já sei, mulher, já sei.

Mas era cousa muito diversa.

O *Cav. Uff.* Salvatore Melli alinhou algarismos torcendo a bigodeira. Falou como homem de negócios que enxerga longe. Demonstrou cabalmente as vantagens econômicas de sua proposta.

– O doutor...
– Eu não sou doutor, Senhor Melli.
– *Parlo* assim para facilitar. *Non* é para ofender. *Primo* o doutor pense bem. E *poi* me dê a sua resposta. *Domani, dopo domani,* na outra semana, quando quiser. *lo resto* à sua disposição. *Ma* pense bem!

Renovou a proposta e repetiu os argumentos pró. O conselheiro possuía uns terrenos em São Caetano. Cousas de herança. Não lhe davam renda alguma. O *Cav. Uff.* tinha a sua fábrica ao lado. 1.200 teares. 36.000 fusos. Constituíam uma sociedade. O conselheiro entrava com os terrenos. O *Cav. Uff.* com o capital. Armavam os trinta alqueires e vendiam logo grande parte para os operários da fábrica. Lucro certo, mais que certo, garantidíssimo.

– É. Eu já pensei nisso. Mas sem capital e senhor compreende é impossível...
– *Per Bacco*, doutor! Mas *io* tenho o capital. O capital *sono io*. O doutor entra com o terreno, mais nada. E o lucro se divide no meio.

O capital acendeu um charuto. O conselheiro coçou os joelhos disfarçando a emoção. A negra de broche serviu o café.

– *Dopo* o doutor me dá a resposta. *Io* só digo isto: pense bem.

O capital levantou-se. Deu dois passos. Parou. Meio embaraçado. Apontou para um quadro.

– Bonita pintura.

Pensou que fosse obra de italiano. Mas era de francês.

– *Francese?* Não é feio *non*. Serve.

Embatucou. Tinha qualquer cousa. Tirou o charuto da boca, ficou olhando para a ponta acesa. Deu um balanço no corpo. Decidiu-se.

– Ia *dimenticando* de dizer. O meu filho fará o gerente da sociedade... Sob a minha direção, *si capisce*.

– Sei, sei... O seu filho?

– *Si*. O Adriano. O doutor... *mi pare... mi pare* que conhece ele?

O silêncio do Conselheiro desviou os olhos do *Cav. Uff.* na direção da porta.

– Repito *un'altra* vez: O doutor pense bem.

O Isotta Fraschini esperava-o todo iluminado.

– E então? O que devo responder ao homem?

– Faça como entender, Bonifácio...

– Eu acho que devo aceitar.

– Pois aceite.

E puxou o lençol.

A outra proposta foi feita de fraque e veio seis meses depois.

*O Conselheiro José Bonifácio
e Arruda e senhora
têm a honra de participar a
V. Ex.a e Ex.ma família o contrato
de casamento de sua filha Teresa
Rita com o Sr. Adriano Melli.
Rua da Liberdade, n.º 259-C.*

*O Cav. Uff. Salvatore Melli
de Matos e senhora
têm a honra de participar a
V. Ex.a e Ex.ma família o contrato
de casamento de seu filho Adriano
com a Senhorinha
Teresa Rita de Matos Arruda.
Rua da Barra Funda, n.º 427.*

S. Paulo 19 de fevereiro de 1927.

No chá do noivado o *Cav. Uff.* Adriano Melli na frente de toda a gente recordou à mãe de sua futura nora os bons tempinhos em que lhe vendia cebolas e batatas, Olio di Lucca e bacalhau português, quase sempre fiado e até sem caderneta.

LISETTA

Quando Lisetta subiu no bonde (o condutor ajudou) viu logo o urso. Felpudo, felpudo. E amarelo. Tão engraçadinho.

Dona Mariana sentou-se, colocou a filha em pé diante dela.

Lisetta começou a namorar o bicho. Pôs o pirulito de abacaxi na boca. Pôs mas não chupou. Olhava o urso. O urso não ligava. Seus olhinhos de vidro não diziam absolutamente nada. No colo da menina de pulseira de ouro e meias de seda parecia um urso importante e feliz.

– Olha o ursinho que lindo, mamãe!

– *Stai zitta!*

A menina rica viu o enlevo e a inveja da Lisetta. E deu de brincar com o urso. Mexeu-lhe com o toquinho do rabo: e a cabeça do bicho virou para a esquerda, depois para a direita, olhou para cima, depois para baixo. Lisetta acompanhava a manobra. Sorrindo fascinada. E com um ardor nos olhos! O pirulito perdeu definitivamente toda a importância.

Agora são as pernas que sobem e descem, cumprimentam, se cruzam, batem umas nas outras.

– As patas também mexem, mamã. Olha lá!

– *Stai ferma!*

Lisetta sentia um desejo louco de tocar no ursinho. Jeitosamente procurou alcançá-lo. A menina rica percebeu, encarou a coitada com raiva, fez uma careta horrível e apertou contra o peito o bichinho que custara cinquenta mil-réis na Casa São Nicolau.

– Deixa pegar um pouquinho, um pouquinho só nele, deixa?

– Ah!

– *Scusi,* senhora. Desculpe por favor. A senhora sabe, essas crianças são muito levadas. *Scusi.*

– Desculpe.

A mãe da menina rica não respondeu. Ajeitou o chapeuzinho da filha, sorriu para o bicho, fez uma carícia na cabeça dele, abriu a bolsa e olhou o espelho.

Dona Mariana, escarlate de vergonha, murmurou no ouvido da filha:
– *In casa me lo pagherai!*
E pespegou por conta um beliscão no bracinho magro. Um beliscão daqueles.

Lisetta então perdeu toda a compostura de uma vez. Chorou. Soluçou. Chorou. Soluçou. Falando sempre.

– Hã! Hã! Hã! Hã! Eu que...ro o ur...so! O ur...so! Ai, mamãe! Ai, mamãe! Eu que...ro o... o... o... Hã! Hã!

– *Stai ferina o ti amazzo, parola d'onore!*

– Um pou...qui...nho só! Hã! E... hã! E... hã! Um pou...qui...

– *Senti, Lisetta. Non ti porterò più in città! Mai più!*

Um escândalo. E logo no banco da frente. O bonde inteiro testemunhou o feio que Lisetta fez.

O urso recomeçou a mexer com a cabeça. Da esquerda para a direita, para cima e para baixo.

– *Non piangere più adesso!*

Impossível.

O urso lá se fora nos braços da dona. E a dona só de má, antes de entrar no palacete estilo empreiteiro português, voltou-se e agitou no ar O bichinho. Para Lisetta ver. E Lisetta viu.

Dem-dem! O bonde deu um solavanco, sacudiu os passageiros, deslizou, rolou, seguiu. Dem- dem!

– Olha à direita!

Lisetta como compensação quis sentar-se no banco. Dona Mariana (havia pago uma passagem só) opôs-se com energia e outro beliscão.

A entrada de Lisetta em casa marcou época na história dramática da família Garbone.

Logo na porta um safanão. Depois um tabefe, outro no corredor. Intervalo de dois minutos. Foi então a vez das chineladas. Para remate. Que não acabava mais.

O resto da gurizada (narizes escorrendo, pernas arranhadas, suspensórios de barbante) reunido na sala de jantar sapeava de longe.

Mas o Ugo chegou da oficina.

– Você assim machuca a menina, mamãe! Coitadinha dela!

Também Lisetta já não aguentava mais.

– Toma pra você. Mas não escache.

Lisetta deu um pulo de contente. Pequerrucho. Pequerrucho e de lata.

Do tamanho de um passarinho. Mas urso.

Os irmãos chegaram-se para admirar. O Pasqualino quis logo pegar no bichinho. Quis mesmo tomá-lo à força. Lisetta berrou como uma desesperada:

– Ele é meu! O Ugo me deu!

Correu para o quarto. Fechou-se por dentro.

CORINTHIANS (2) VS. PALESTRA (1)

Prrrrii!

– Aí, Heitor!

A bola foi parar na extrema esquerda. Melle desembestou com ela.

A arquibancada pôs-se em pé. Conteve a respiração. Suspirou:

– Aaaah!

Miquelina cravava as unhas no braço gordo da Iolanda. Em torno do trapézio verde a ânsia de vinte mil pessoas. De olhos ávidos. De nervos elétricos. De preto. De branco. De azul. De vermelho.

Delírio futebolístico no Parque Antártica.

Camisas verdes e calções negros corriam, pulavam, chocavam-se, embaralhavam-se, caíam, contorcionavam-se, esfalfavam-se, brigavam. Por causa da bola de couro amarelo que não parava, que não parava um minuto, um segundo. Não parava.

– Neco! Neco!

Parecia um louco. Driblou. Escorregou. Driblou. Correu. Parou. Chutou.

– Gooool! Gooool!

Miquelina ficou abobada com o olhar parado. Arquejando. Achando aquilo um desafio, um absurdo.

– Aleguá-guá-guá! Aleguá-guá-guá! Hurra! Hurra! Corinthians!

Palhetas subiram no ar. Com os gritos. Entusiasmos rugiam. Pulavam. Dançavam. E as mãos batendo nas bocas:

– Go-o-o-o-o-o-ol!

Miquelina fechou os olhos de ódio.

– Corinthians! Corinthians!

Tapou os ouvidos.

– Já me estou deixando ficar com raiva!

A exaltação decresceu como um trovão.

– O Rocco é que está garantindo o Palestra. Aí, Rocco! Quebra eles sem dó!

A Iolanda achou graça. Deu risada.

– Você está ficando maluca, Miquelina. Puxa! Que bruta paixão!

Era mesmo. Gostava do Rocco, pronto. Deu o fora no Biagio (o jovem e esperançoso esportista Biagio Panaiocchi, diligente auxiliar da firma desta praça G. Gasparoni & Filhos e denodado meia-direita do S. C. Corinthians Paulista, campeão do Centenário) só por causa dele.

– Juiz ladrão, indecente! Larga o apito, gatuno!

Na Sociedade Beneficente e Recreativa do Bexiga toda a gente sabia de sua história com o Biagio. Só porque ele era frequentador dos bailes dominicais da Sociedade não pôs mais os pés lá. E passou a torcer para O Palestra. E começou a namorar o Rocco.

– O Palestra não dá pro pulo!

– Fecha essa latrina, seu burro!

Miquelina ergueu-se na ponta dos pés. Ergueu os braços. Ergueu a voz:

– Centra, Matias! Centra, Matias!

Matias centrou. A assistência silenciou. Imparato emendou. A assistência berrou.

– Palestra! Palestra! Aleguá-guá! Palestra Aleguá! Aleguá!

O italianinho sem dentes com um soco furou a palheta Ramenzoni de contentamento. Miquelina nem podia falar. E o menino de ligas saiu de seu lugar todo ofegante, todo vermelho, todo triunfante, e foi dizer para os primos corinthianos na última fileira da arquibancada:

– Conheceram, seus canjas?

O campo ficou vazio.

– Ó... lh'a gasosa!

Moças comiam amendoim torrado sentadas nas capotas dos automóveis. A sombra avançava no gramado maltratado. Mulatas de vestidos azuis ganham beliscões. E riam. Torcedores discutiam com gestos.

– Ó... lh'a gasosa!

Um aeroplano passeou sobre o campo.

Miquelina mandou pelo irmão um recado ao Rocco.

– Diga pra ele quebrar o Biagio que é o perigo do Corinthians.

Filipino mergulhou na multidão.

Palmas saudaram os jogadores de cabelos molhados.

Prrrrii!
– O Rocco disse pra você ficar sossegada.
Amílcar deu uma cabeçada. A bola foi bater em Tedesco que saiu correndo com ela. E a linha toda avançou.
– Costura, macacada!
Mas o juiz marcou um impedimento.
– Vendido! Bandido! Assassino!
Turumbamba na arquibancada. O refle do sargento subiu a escada.
– Não pode! Põe pra fora! Não pode!
Turumbamba na geral. A cavalaria movimentou-se.
Miquelina teve medo. O sargento prendeu o palestrino. Miquelina protestou baixinho:
– Nem torcer a gente pode mais! Nunca vi!
– Quantos minutos ainda?
– Oito.
Biagio alcançou a bola. Aí, Biagio! Foi levando, foi levando. Assim, Biagio! Driblou um. Isso! Fugiu de outro. Isso! Avançava para a vitória. Salame nele, Biagio! Arremeteu. Chute agora! Parou. Disparou. Parou. Aí! Reparou. Hesitou. Biagio Biagio! Calculou. Agora! Preparou-se. Olha o Rocco! É agora. Aí! Olha o Rocco! Caiu.
– **Ca-va-lo!**
Prrrrii!
– Pênalti!
Miquelina pôs a mão no coração. Depois fechou os olhos. Depois perguntou:
– Quem é que vai bater, Iolanda?
– O Biagio mesmo.
– Desgraçado.
O medo fez silêncio.
Prrrrii!
Pan!
– Go-o-o-o-ol! Corinthians!
– Quantos minutos ainda?
Pri-pri-pri!
– Acabou, Nossa Senhora!
Acabou.
As árvores da geral derrubaram gente.
– *Abr'a porteira! Rá! Fech'a porteira! Pra!*

O entusiasmo invadiu o campo e levantou o Biagio nos braços.
– *Solt'o rojão! Fiu! Rebent'a bomba!* Pum! **Corinthians!**
O ruído dos automóveis festejava a vitória. O campo foi-se esvaziando como um tanque. Miquelina murchou dentro de sua tristeza.
– Que é – que é? É jacaré? Não é!
Miquelina nem sentia os empurrões.
– Que é – que é? É tubarão? Não é!
Miquelina não sentia nada.
– Então que é? **Corinthians**!
Miquelina não vivia.
Na Avenida Água Branca os bondes formando cordão esperavam campainhando o zé-pereira.
– Aqui, Miquelina.
Os três espremeram-se no banco onde já havia três. E gente no estribo. E gente na coberta. E gente nas plataformas. E gente do lado da entrevia.
A alegria dos vitoriosos demandou a cidade. Berrando, assobiando e cantando. O mulato com a mão no guindaste é quem puxava a ladainha:
– O Palestra levou na testa!
E o pessoal entoava:
– *Ora pro nobis!*
Ao lado de Miquelina o gordo de lenço no pescoço desabafou:
– Tudo culpa daquela besta do Rocco!
Ouviu, não é, Miquelina? Você ouviu?
– Não liga pra esses trouxas, Miquelina.
Como não liga?
– O Palestra levou na testa!
Cretinos.
– *Ora pro nobis!*
Só a tiro.
– Diga uma cousa, Iolanda. Você vai hoje na Sociedade?
– Vou com o meu irmão.
– Então passa por casa que eu também vou.
– Não!
– Que bruta admiração! Por que não?
– E o Biagio?
– Não é de sua conta.
Os pingentes mexiam com as moças de braço dado nas calçadas.

NOTAS BIOGRÁFICAS DO NOVO DEPUTADO

O coronel recusou a sopa.
– Que é isso, Juca? Está doente?
O coronel coçou o queixo. Revirou os olhos. Quebrou um palito. Deu um estalo com a língua.
– Que é que você tem, homem de Deus?
O coronel não disse nada. Tirou uma carta do bolso de dentro. Pôs os óculos. Começou a ler:
– *Ex.mo snr. coronel Juca.*
– De quem é?
– Do administrador da Santa Inácia.
– Já sei. Geada?
– Escute. *Ex.mo snr. coronel Juca. Rospeitosas Saudações. Em primeiro lugar Saudo-vos. V. Ecia. e D. Nequinha. Coronel venho por meio desta respeitosameute comunicar para V. E. que o cafezal novo agradeceu bastante as chuvarada desta semana. E tal e tal e tal. Me acho doente diversos incômodos divido o serviço.*
– Coitado.
– Mas não é isso. *O major Domingo Neto mandou buscar a vacca...* Oh senhor! Não acho...
– Na outra página, Juca.
– Está aqui. Vá escutando. *Em último lugar, vos communico que o seu comprade João Intaliano morreu...*
– Meu Deus, não diga?!
– *... morreu segunda que passou de uma anemia nos rim. Por esses motivos recolhi em casa o vosso afilhado e orpham Gennrinho. Pesso para V.E. que me mande dizer o distino e tal.* E agora, mulher?
Dona Nequinha suspirou. Bebeu um gole de água. Mandou levar a sopa.
– E então?
Dona Nequinha passou a língua nos lábios. Levantou a tampa da farinheira. Arranjou o virote.
– E então? Que é que eu respondo?
Dona Nequinha pensou. Pensou. Pensou. E depois:
– Vamos pensar bem primeiro, Juca. Não coma o torresmo que faz mal. Amanhã você responde. E deixe-se de extravagâncias.

Gennarinho desceu na estação da Sorocabana com o nariz escorrendo. Todo chibante. De chapéu vermelho. Bengalinha na mão. Rebocado pelo filho mais velho do administrador. E com uma carta para o Coronel J. Peixoto de Faria.

Tomou o coche Hudson que estava à sua espera.

Veio desde a estação até a Avenida Higienópolis com a cabeça para fora do automóvel soltando cusparadas. Apertou o dedo no portão. Disse uma palavra feia. Subiu as escadas berrando.

– Tire o chapéu.

Tirou.

– Diga boa noite.

Disse.

– Beije a mão dos padrinhos.

Beijou.

– Limpe o nariz.

Limpou com o chapéu.

– Pronto, Nhãzinha. A telefonista cortou. Chegou anteontem. Espertinho como ele só. Nem você imagina. Tem nove anos. É sim. Crescidinho. Juca ficou com dó dele. Pois é. Coitadinho. Imagine. Pois é. Faz de conta que é um filho. Já estou querendo bem mesmo. Gennarinho. O quê? É sim. Nome meio esquisito. Também acho. O Juca está que não pode mais de satisfeito. Ele que sempre desejou ter tanto um filho, não é? Pois então. Nasceu no Brás. O pai era não sei o quê. Estava na fazenda há cinco anos já. Bom, Nhãzinha. O Juca está me chamando. Beijos na Marianinha. Obrigada. O mesmo. Até amanhã. Ah! Ah! Ah! Imagine! Nesta idade!... Até amanhã, Nhãzinha. Que é que você queria, Juca?

– Agora é tarde. Você não sabe o que perdeu.

– O Gennarinho, é?

– Diabinho de menino! Querendo a toda força levantar a saia da Atsué.

– Mas isso não está direito, Juca. Vou já e já...

– É. Direito não está mesmo. Mas é engraçado.

– ... dar uns tapas nele.

– Não faça isso, ora essa! Dar à toa no menino!

– Não é à toa, Juca.

– Bom. Então dê. Olhe aqui: eu mesmo dou, sabe? Eu tenho mais jeito.

Um dia na mesa o coronel implicou:

– Esse negócio de Gennarinho não está certo. Gennarinho não é nome de gente. Você agora passa a se chamar Januário que é a tradução. Eu já indaguei. Ouviu? Eta menino impossível! Sente-se já aí direito! Você passa a se chamar Januário. Ouviu?

– Ouvi.

– Não é assim que se responde. Diga sem se mexer na cadeira: Ouvi, sim senhor.

– Ouvi, sim senhor coronel!

Dona Nequinha riu como uma perdida. Da resposta e da continência. Uma noite na cama Dona Nequinha perguntou:

– Juca: você já pensou no futuro do menino?

O coronel estava dorme não dorme. Respondeu bocejando:

– Já-á-á!...

– Que é que você resolveu?

O coronel levou um susto.

– O quê? Resolveu o quê?

– O futuro do menino, homem de Deus!

– Hã!...

– Responda.

O coronel coçou primeiro o pescoço.

– Para falar a verdade, Nequinha, ainda não resolvi nada.

O suspiro desanimado da consorte foi um protesto contra tamanha indecisão.

– Mas você não há de querer que ele cresça um vagabundo, eu espero.

– Pois está visto que não quero.

Aproveitando o silêncio o despertador bateu mais forte no criado-mudo. Dona Nequinha ajeitou o travesseiro. São José dentro de sua redoma espiou o voo de dois pernilongos.

– Eu acho que... Apague a luz que está me incomodando.

– Pronto. Acho o quê?

– Eu acho que a primeira cousa que se deve fazer é meter o menino num colégio.

– Num colégio de padres.

– É.

– Eu sou católica. Você também é. O Januário também será.

– Muito bem...

– Você parece que está dizendo isso assim sem muito entusiasmo... Era sono.

— Amanhã-ã-ã... ai! ai!... nós vemos isso direito, Nequinha...

Até o coronel ajudou a aprontar o Januário. Foi quem pôs ordem na cabelada cor de abóbora. Na terceira tentativa fez uma risca bem no meio da cabeça.

— Agora só falta a merenda.

Dona Nequinha preparou logo. Pão francês. Goiabada Pesqueira. Queijo Palmira.

— Diga pro Inácio tirar o automóvel. O fechado.

A comoção era geral. Dona Nequinha apertou mais uma vez a gravata azul do Januário. O coronel deu uma escovadela, pensativo, no gorro. Januário fez uma cara de vítima.

— Vamos indo que está na hora.

Dona Nequinha (o coronel já se achava no meio da escadaria de mármore carregando a pasta colegial) beijou mais uma vez a testa do menino. Chuchurreadamente. Maternalmente.

— Vá, meu filhinho. E tenha muito juízo, sim? Seja muito respeitador. Vá.

Todo compenetrado, de pescoço duro e passo duro, Januário alcançou o coronel.

A meninada entrava no Ginásio de São Bento em silêncio e beijava a mão do Senhor Reitor. Depois disparava pelos corredores jogando os chapéus no ar. As aulas de portas abertas esperavam de carteiras vazias. O berreiro sufocava o apito dos vigilantes.

— Cumprimente o Senhor Reitor.

D. Estanislau deu umas palmadinhas na nuca do Januário. Januário tremeu.

— Crescidinho já. Muito bem. Muito bem. Como se chama?

Januário não respondeu.

— Diga o seu nome para o Senhor Reitor.

— Januário.

— Ah! Muito bem. Januário. Muito bem. Januário de quê?

Januário estava louco para ir para o recreio. Nem ouviu.

— Diga o seu nome todo, menino!

Com os olhos no coronel:

— Januário Peixoto de Faria.

O porteiro apareceu com unia sineta na mão. Dlin-dlin! Dlin-dlin! Dlin-dlin!

O coronel seguiu para o São Paulo Clube pensando em fazer testamento.

O MONSTRO DE RODAS

O Nino apareceu na porta. Teve um arrepio. Levantou a gola do paletó.

– Ei, Pepino! Escuta só o frio!

Na sala discutiam agora a hora do enterro. A Aída achava que de tarde ficava melhor. Era mais bonito. Com o filho dormindo no colo Dona Mariângela achava também. A fumaça do cachimbo do marido ia dançar bem em cima do caixão.

– Ai, Nossa Senhora! Ai, Nossa Senhora

Dona Nunzia descabelada enfiava o lenço na boca.

– Ai, Nossa Senhora! Ai, Nossa Senhora.

Sentada no chão a mulata oferecia o copo de água de flor de laranja.

– Leva ela pra dentro!

– Não! Eu não quero! Eu... não... quero!...

Mas o marido e o irmão a arrancaram da cadeira e ela foi gritando para o quarto. Enxugaram-se lágrimas de dó.

– Coitada da Dona Nunzia!

A negra de sandália sem meia principiou a segunda volta do terço.

– Ave Maria, cheia de graça, o Senhor...

Carrocinhas de padeiro derrapavam nos paralelepípedos da Rua Sousa Lima. Passavam cestas para a feira do Largo do Arouche. Garoava na madrugada roxa.

– ... da nossa morte. Amém. Padre Nosso que estais no Céu...

O soldado espiou da porta. Seu Chiarini começou a roncar muito forte. Um bocejo. Dois bocejos. Três. Quatro.

– ... de todo o mal. Amém.

A Aída levantou-se e foi espantar as moscas do rosto do anjinho.

Cinco. Seis.

O violão e a flauta recolhendo de farra emudeceram respeitosamente na calçada.

Na sala de jantar Pepino bebia cerveja em companhia do Américo Zamponi (Salão Palestra Itália - Engraxa-se na perfeição a 200 réis) e o Tibúrcio (– O Tibúrcio... – O mulato? – Quem mais há de ser?).

– Quero só ver daqui a pouco a notícia do *Fanfulla*. Deve cascar o almofadinha.

– Xi, Pepino! Você é ainda muito criança. Tu é ingênuo, rapaz. Não conhece a podridão da nossa imprensa. Que o quê, meu nego. Filho de rico manda nesta terra que nem a Light. Pode matar sem medo. É ou não é, Seu Zamponi?

Seu Américo Zamponi soltou um palavrão, cuspiu, soltou outro palavrão, bebeu, soltou mais outro palavrão, cuspiu.

– É isso mesmo, Seu Zamponi, é isso mesmo!

O caixãozinho cor-de-rosa com listas prateadas (Dona Nunzia gritava) surgiu diante dos olhos assanhados da vizinhança reunida na calçada (a molecada pulava) nas mãos da Aída, da Josefina, da Margarida e da Linda.

– Não precisa ir depressa para as moças não ficarem escangalhadas.

A Josefina na mão livre sustentava um ramo de flores. Do outro lado a Linda tinha a sombrinha verde, aberta. Vestidos engomados, armados, um branco, um amarelo, um creme, um azul. O enterro seguiu.

O pessoal feminino da reserva carregava dálias e palmas-de-são-josé. E na calçada os homens caminhavam descobertos.

O Nino quis fechar com o Pepino uma aposta de quinhentão.

– A gente vai contando os trouxas que tiram o chapéu até a gente chegar no Araçá. Mais de cinquenta você ganha. Menos, eu.

Mas o Pepino não quis. E pegaram uma discussão sobre qual dos dois era o melhor: Friedenreich ou Feitiço.

– Deixa eu carregar agora, Josefina?

– Puxa, que fiteira! Só porque a gente está chegando na Avenida Angélica. Que mania de se mostrar, que você tem!

O grilo fez continência. Automóveis disparavam para o corso com mulheres de pernas cruzadas mostrando tudo. Chapéus cumprimentavam dos ônibus, dos bondes. Sinais-da-santa-cruz. Gente parada.

Na Praça Buenos Aires, Tibúrcio já havia arranjado três votos para as próximas eleições municipais.

– Mamãe, mamãe! Venha ver um enterro, mamãe!

Aída voltou com a chave do caixão presa num lacinho de fita. Encontrou Dona Nunzia sentada na beira da cama olhando o retrato que a *Gazeta* publicara. Sozinha. Chorando.

– Que linda que era ela!

– Não vale a pena pensar mais nisso, Dona Nunzia...

O pai tinha ido conversar com o advogado.

ARMAZÉM PROGRESSO DE SÃO PAULO

O armazém do Natale era célebre em todo o Bexiga por causa deste anúncio:

Aviso às Excelentíssimas Mães de Família!

*O Armazém Progresso de São Paulo de Natale Pienotto
tem artigos de todas as qualidades
dá-se um conto de réis a quem provar o contrário*

N. B. - Jogo de bocce *com serviço de restaurante nos fundos.*

Isso em letras formidáveis na fachada e em prospectos entregues em domicílio.

O filho do doutor da esquina, que era muito pândego e comprava cigarros no armazém mandando-os debitar na conta do pai com outro nome bulia todos os santos dias com o Natale:

– Seu Natale, o senhor tem pneumáticos-balão aí?

– Que negócio é esse?

– Ah, não tem? Então passe já para cá um conto de réis.

– Você não vê logo, Zezinho, que isso é só para tapear os trouxas? Que é que você quer? Um maço de Sudan Ovais? E como é na caderneta?

– Bote hoje uma Si-Si que é também pra tapear o trouxa.

O Natale achava uma graça imensa e escrevia:

Duas Si-Si pro Sr. Zezinho - 1$200.

O Armazém Progresso de São Paulo começou com uma porta no lado par da Rua da Abolição. Agora tinha quatro no lado ímpar.

Também o Natale não despregava do balcão de madrugada a madrugada. Trabalhava como um danado. E Dona Bianca suando firme na cozinha e no *bocce*.

– Se não é essa cousa de imposto, puxa vida!

Mas a caderneta da Banca Francese ed Italiana per l'America del Sud ria dessa cousa de imposto.

– Dá ai duzentão de cachaça!

O negro fedido bebeu de um gole só. Começou a cuspir.

No quintal o pessoal do *bocce* gritava que nem no futebol. Entusiasmos estalavam:

— *Evviva il campionissimo!*

O Ferrúcio entrou de pé no chão e relógio-pulseira.

— Mais duas de Hamburguesa, Seu Natale.

Meninas enlaçadas passeavam na calçada. O lampião de gás piscava pra elas. A locomotiva fumegando no carrinho de mão apitava amendoim torrado. O Brodo passou cantando.

Natale veio à porta da rua estirar os braços. Em frente a Confeitaria Paiva Couceiro expunha renques de cebola e a mulher do proprietário grávida com um filhinho no colo. Esse espetáculo diário era um gozo para o Natale. Cebola era artigo que estava por preço que as excelentíssimas mães de família achavam uma beleza de preço. E o mondrongo coitado tinha um colosso de cebolas galegas empatado na confeitaria. Natale que não perdia tempo calculou logo quanto poderia oferecer por toda aquela mercadoria (cebolas e o resto) no leilão da falência: dez contos, talvez sete, quem sabe cinco. O português não aguentaria mesmo o tranco por mais tempo.

— Dona Bianca está chamando o senhor depressa na cozinha.

Resolveu primeiro apertar o homem no vencimento da letra. E acendeu um Castro Alves.

A roda de pizza chiava na panela.

— *Con molte alici, eh dama Bianca!*

— *Si capisce, sor Luigi!*

Natale entrou.

— Vem aqui no quarto.

Natale foi meio desconfiado.

— Que é?

Bianca quando dava para falar era aquela desgraça.

— José Espiridião, o mulato, o do Abastecimento, ora, o da Comissão do Abastecimento...

— Já sei.

... estava ali no quintal assistindo a uma partida de *bocce*. Conversando com o Giribello, o sapateiro, o pai da Genoveva...

— Já sei.

Bianca foi levar lá um prato de não sei o quê e o sem-vergonha do mulato até brincara com ela. Disse umas gracinhas. Mas ela não ficou quieta não. Que esperança. Deu uma resposta até que o Espiridião ficou até assim meio...

— Já sei.

Pois é. Ela ficou ali espiando o *bocce* porque era a vez do Nicola jogar. E como o Nicola já sabe é o campeão e estava num dia mesmo de...

— Sei!

Pois é. Ela ficou espiando. E também escutando o que o Espiridião estava dizendo para o Giribello. Não é que ela fazia questão de escutar o que ele falava. Não. Mas ela estava ali perto

— Não é? — então..

— Sei!

O Espiridião falava assim para o Giribello que a crise era um fato, que a cebola por exemplo ia ficar pela hora da morte. O pessoal da Comissão do Abastecimento andava até...

— Sei!

Ela então não quis ouvir mais nada. Veio correndo e mandou o Ferrucio chamá-lo para lhe dizer que desse um jeito com o português.

— Já sei...

Se não aproveitasse agora nunca mais. O homem que desse em pagamento da letra as...

— Dona Bianca! Venha depressa que o Dino quer avançar nas comidas!

— Mais um copo, Seu Doutor.

José Espiridião aceitava o título e a cerveja.

— Pois é como estou lhe contando, Seu Natale. A tabela vai subir porque a colheita foi fracota como o diabo. Ai, ai! Coitado de quem é pobre.

Natale abriu outra Antártica.

— Cebola até o fim do mês está valendo três vezes mais. Não demora muito temos cebola aí a cinco mil-réis o quilo ou mais. Olhe aqui, amigo Natale: trate de bancar o açambarcador. Não seja besta. O pessoal da alta que hoje cospe na cabeça do povo enriqueceu assim mesmo. Igualzinho.

Natale já sabia disso.

— Se o doutor me promete ficar quieto — compreende? — e o negócio dá certo o doutor leva também as suas vantagens...

Espiridião já sabia disso.

Dona Bianca pôs o Nino na caminha de ferro. Ele ficou com uma perna fora da coberta. Toda cheia de feridas.

Então o Natale entrou assobiando a Tosca. — A mulher olhou para ele. Percebeu tudo. Perguntou por perguntar:

— Arranjou?

Natale segurou-a pelas orelhas, quase encostou o nariz no dela.
– Diga se eu tenho cara de trouxa!
Deu na Dona Bianca um empurrão contente da vida, deu uma volta sobre os calcanhares, deu um soco na cômoda, saiu e voltou com meio litro de Chianti Ruffino. Parou. Olhou para a garrafa. Hesitou. Saiu de novo. E trouxe meia Pretinha.

Dona Bianca deitou-se sem apagar a luz. Olhou muito para o Dino que dormia de boca aberta. Olhou muito para o Santo Antônio *di Padova col Gesù Bambino* bem no meio da parede amarela. Mais uma vez olhou muito para o Dino que mudara de posição. E fechou os olhos para se ver no palacete mais caro da Avenida Paulista.

NACIONALIDADE

O barbeiro Tranquillo Zampinetti da Rua do Gasômetro nº 224-B entre um cabelo e uma barba lia sempre os comunicados de Guerra do Fanfulla. Muitas vezes em voz alta até. De puro entusiasmo. *La fulminante investita dei nostri bravi bersaglieri ha ridotto le posizione nemiche in un vero amazzo di rovine. Nel campo di battaglia sono restati circa cento e novanta nemici. Dalla nostra parte abbiamo perduto due cavalli ed è rimasto ferito un bravo soldato, vero eroe che si à avventurato troppo nella conquista fatta da solo di una batteria nemica.*

Comunicava ao Giacomo engraxate (Salão Mundial) a nova vitória e entoava:

*Tripoli sarà italiana,
sarà italiana a rombo di cannone!*

Nesses dias memoráveis diante dos fregueses assustados brandia a navalha como uma espada:
– *Caramba, come dicono gli spagnuoli!*
Mas tinha um desgosto. Desgosto patriótico e doméstico. Tanto o Lorenzo como o Bruno (Russinho para a saparia do Brás) não queriam saber de falar italiano. Nem brincando. O Lorenzo era até irritante.
– *Lorenzo! Tua madre ti chiama!*
Nada.

– *Tua madre ti chiama, ti dico!*
Inútil.
– *Per l'ultima volta) Lorenzo! Tua madre ti chiama, hai capito?*
Que o quê.
– *Stai attento que ti rompo la faccia, figlio d'un cane sozzaglione, che non sei altro!*
– Pode ofender que eu não entendo! Mamãe! **Mamãe! Mamãe!**
Cada surra que só vendo.

Depois do jantar Tranquillo punha duas cadeiras na calçada e chamava a mulher. Ficavam gozando a fresca uma porção de tempo. Tranquillo cachimbando. Dona Emília fazendo meias roxas, verdes, amarelas. Às vezes o Giacomo vinha também carregando a sua cadeira de palha grossa.

Raramente abriam a boca. Quase que para cumprimentar só:
– *Buona sera, Crispino.*
– *Tanti saluti a casa, sora Clementina.*

Mas quando dava na telha do Carlino Pantaleoni, proprietário da Quitanda Bella Toscana, de vir também se reunir ao grupo era uma vez o silêncio. Falava tanto que nem parava na cadeira. Andava de um lado para outro. Com grandes gestos. E era um desgraçado: citava Dante Alighieri e Leonardo da Vinci. Só esses. Mas também sem titubear. E vinte vezes cada dez minutos. Desgraçado.

O assunto já sabe: Itália. Itália e mais Itália. Porque a Itália isto, porque a Itália aquilo. E a Itália quer, a Itália faz, a Itália é, a Itália manda.

Giacomo era menos jacobino. Tranquillo era muito. Ficava quieto porém.

É. Ficava quieto. Mas ia dormir com aquela ideia na cabeça: voltar para a pátria.

Dona Emília sacudia os ombros.

Um dia o Ferrucio candidato do governo a terceiro juiz de paz do distrito veio cabalar o voto do Tranquillo. Falou. Falou. Falou. Tranquillo escanhoando o rosto do político só escutava.
– *Siamo intesi?*
– *No. Non sono elettore.*
– *Non è elettore? Ma perchè?*
– *Perchè sono italiano, mio caro signore.*
– *Ma che c'entra la nazionalità, Dio Santo? Pure io sono italiano e farò il giudice!*
– *Stà bene, stà bene. Penserò.*

E votou com outra caderneta.

Depois gostou. Alistou-se eleitor. E deu até para cabalar.

A guerra europeia encontrou Tranquillo Zampinetti proprietário de quatro prédios na Rua do Gasômetro, dois na Rua Piratininga, cabo influente do Partido Republicano Paulista e dileto compadre do primeiro subdelegado do Brás; o Lorenzo interessado da firma Vanzinello & Cia. e noivo da filha mais velha do Major Antônio Del Piccolo, membro do diretório governista do Bom Retiro; o Bruno vice-presidente da Associação Atlética Pingue-Pongue e primeiranista do Ginásio do Estado.

Tranquillo agitou-se todo. Comprou um mapa das operações com as respectivas bandeirinhas. Colocou no salão o retrato da família real. Enfeitou o lustre com papel de seda tricolor.

– *Questa volta Guglielmone avrà il suo!*

Lorenzo noivava. Bruno caçoava.

Dona Clementina pouco ligava. Mas no dia em que o marido resolveu influenciado pelo Carlino subscrever para o empréstimo de guerra protestou indignada. Tranquillo deu dois gritos patrióticos. Dona Emília deu três econômicos. Tranquillo cedeu. E mostrou ao Carlino como explicação a sua caderneta de eleitor.

Aos poucos mesmo foi-se desinteressando da guerra. E chegou à perfeição de ficar quieto na tarde em que o Bruno entrou pela casa adentro berrando como um possesso:

Il General Cadorna scrisse alla Regina:
Si vuol vedere Trieste t'la mando in cartolina...

E o Bruno só para moer não cantou outra cousa durante três dias.

Proprietário de mais dois prédios à Rua Santa Cruz da Figueira Tranquillo Zampinetti fechou o salão (a mão já lhe tremia um pouquinho) e entrou para sócio comanditário da Perfumaria Santos Dumont.

Então já dizia em conversa no Centro Político do Brás:

– Do que a gente bisogna no Brasil, *bisogna* mesmo, é *d'un buono* governo, mais nada!

E o único trabalho que tinha era fiscalizar todos os dias a construção da capela da família no cemitério do Araçá.

Quando o Bruno bacharel em Ciências Jurídicas e Sociais pela Faculdade de Direito de São Paulo ao sair do salão nobre no dia da formatura caiu nos seus braços Tranquillo Zampinetti chorou como uma criança.

No pátio a banda da Força Pública (gentilmente cedida pelo doutor

Secretário da Justiça) terminava o hino acadêmico. A estudantada gritava para os visitantes:

– Chapéu! Chapéu-péu-péu!

E maxixava sob as arcadas.

Tranquillo empurrou o filho com fraque e tudo para dentro do automóvel no Largo de São Francisco e mandou tocar a toda para casa.

Dona Emília estava mexendo na cozinha quando o filho do Lorenzo gritou no corredor:

– Vovó! Vovó! Venha ver o tio Bruno de cartola!

Tremeu inteirinha. E veio ao encontro do filho amparada pelo Lorenzo e pela nora.

– *Benedetto pupo mio!*

Vendo os cinco chorando abraçados o filho do Lorenzo abriu também a boca.

O primeiro serviço profissional do Bruno foi requerer ao Ex.mo Sr. Dr. Ministro da Justiça e Negócios Interiores do Brasil a naturalização de Tranquillo Zampinetti, cidadão italiano residente em São Paulo.

Laranja da China

O REVOLTADO ROBESPIERRE
(Senhor Natanael Robespierre dos Anjos)

Todos os dias úteis às dez e meia toma o bonde no Largo de Santa Cecília encrencando com o motorneiro.

– Quando a gente levanta o guarda-chuva é para você parar essa joça! Ouviu, sua besta?

Gosta de todos aqueles olhares fixos nele. Tira o chapéu. Passa a mão pela cabeleira leonina. Enche as bochechas e dá um sopro comprido. Paga a passagem com dez mil-réis. Exige o troco imediatamente.

– Não quero saber de conversa, seu galego. Passe já o troco. E dinheiro limpo, entendeu? Bom.

Retém o condutor com um gesto e verifica sossegadamente o troco.

– O quê? Retrato de Artur Bernardes? Deus me livre e guarde! Arranje outra nota.

Levanta-se para dar um jeito na cinta, chupa o cigarro (Sudan Ovais por causa dos cheques), examina todos os bancos, vira-que-vira, começa:

– Isto até parece serviço do governo! Pausa. Sacudidela na cabeleira leonina. Conclui:

– O que vale é que os homens um dia voltam...

Primeiro sorriso aparentemente sibilino. Passeio da mão direita na barba escanhoada. Será espinha? Tira o espelhinho do bolso. É espinha sim. Porcaria. Segundo sorriso mais ou menos sibilino. Cara de nojo.

Não sei que raio de cheiro tem este Largo do Arouche, safa!

Vira a aliança no seu-vizinho. Essa operação deixa-o meditabundo por uns instantes. Finca o olhar de sobrancelhas unidas no cavalheiro da esquerda. Esperando. O cavalheiro afinal percebe a insistência. É agora:

– Perdão. O senhor leu a última tabela do Matadouro? Viu o preço da carne de leitão por exemplo? Cinco ou seis ou não sei quantos mil-réis o quilo!

Não espera resposta. Não precisa de resposta. Berra no ouvido do velho da direita:

– É como estou lhe contando: o quilo!

Quase despenca do bonde para ver uma costureirinha na Rua do Arouche. As pernas magras encolhem-se assustadas.

– O cavalheiro queira ter a bondade de me desculpar. São os malditos solavancos desta geringonça. Um dia cai aos pedaços.

Dá um tabefe no queixo mas cadê mosca? Tira um palito do bolso, raspa o primeiro molar superior direito (se duvidarem muito é fibra de manga), olha a ponta do palito, chupa o dente com a ponta da língua (tó! tó!), um a um percorre os anúncios do bonde. Ritmando a leitura com a cabeça. Aplicadamente. Raio de italiano para falar alto. Falta de educação é cousa que a gente percebe logo. Não tem que ver. O do *Odol* já leu. Estava começando o da *Casa Vencedora*. Isto de preço de custo só engana os trouxas.

– Oh estupidez! O senhor já reparou naquele anúncio ali? Bem em cima da mulher de chapéu verde. *Conserta-se m*áquinas de *escrever*. Conser**ta-se** máquinassss! Fan-tás– tico! Eu não pretendo por duzentos réis condução e ainda por cima trechos seletos de Camilo ou outro qualquer autor de peso, é verdade... Mas enfim...

É preciso um fecho erudito e interessante ao mesmo tempo.

– Mas enfim...

A mão procura inutilmente no ar dando voltinhas.

– Mas enfim... Seu Serafim...

Fica nisso mesmo. Acerta o cebolão com o relógio do Largo do Municipal. Esfrega as mãos. O guarda-chuva cai. Ergue-o sem jeito. Enfia a cartolinha lutando com as melenas. Previne os vizinhos:

– Este viaduto é uma fábrica de constipações. De constipações só? De pneumonias mesmo. Duplas!

Silêncio. Mas eloquente. Palito de fósforo é bom para limpar o ouvido. Descobre-se diante da Igreja de Santo Antônio.

– Não está vendo, seu animal, que a mulher; não se sentou ainda? Aprenda a tratar melhor os passageiros! Tenha educação!

Cumprimenta rasgadamente o Doutor Indalécio Pilho, subinspetor das bombas de gasolina, que passa no seu Marmon oficial e não o vê. Depois anota apressadamente o número do automóvel no verso de uma cautela do Monte de Socorro do Estado.

– O povo que sue para pagar o luxo dos afilhados do governo! Aproveite, pessoal! Vá mamando no Tesouro enquanto o povo não se levanta e manda vocês todos... nada! Mas isto um dia acaba.

Terceiro sorriso nada sibilino. Passa para a ponta. Confirma para os escritórios da I.R.F. Matarazzo:

– Ora se acaba!

Outro cigarro. Apalpa todos os bolsos. Acende-o no do vizinho. E dá de limpar as unhas com o canivete de madrepérola. Na esquina da Rua Anchieta por pouco não arrebenta o cordão da campainha. Estende a destra espalmada para o companheiro de viagem:

– Natanael Robespierre dos Anjos, um seu criado.

Desce no Largo do Tesouro. Faz a sua fezinha no Chalet Presidencial (centenas invertidas). Atravessa de guarda-chuva feito espingarda o Largo do Palácio.

E todos os dias úteis às onze horas menos cinco minutos entra com o pé direito na Secretaria dos Negócios de Agricultura e Comércio onde há vinte e dois anos ajuda a administrar o Estado (essa nação dentro da nação) com as suas luzes de terceiro escriturário por concurso não falando na carta de um republicano histórico.

O PATRIOTA WASHINGTON
(Doutor Washington Coelho Penteado)

O sol ilumina o Brasil na manhã escandalosa e o Doutor Washington Coelho Penteado no rosto varonil. Há trinta e oito anos Deodoro da Fonseca fundou a República sem querer. O doutor pensa bem no acontecimento e grita no ouvido do chofer:

– Toca pra Mogi das Cruzes!

Minutos antes arrancara da folhinha do Empório Ucraniano a folha do dia 14. Cercado pelos filhos escrevera a lápis azul na do dia 15: Viva o Brasil! E obrigara o Juquinha a tirar o gorro marinheiro porque ainda não sabia fazer continência.

Muitíssimo bem. Agora segue de Chevrolet aberto para Mogi das Cruzes. Algum dia no mundo ia se viu uma manhã tão linda assim?

Eta Brasil.

Eta.

Na lapela uma bandeirinha nacional. Conservada ali desde a entrada do Brasil na grande conflagração. Ou bem que somos ou bem que não somos. O doutor é de fato: brasileiro graças a Deus. Onde desejava nascer? No Brasil está claro.

Ao lado dele a mulher é assim assim. Os filhos sabem de cor o hino nacional. Só que ainda não pegaram bem a música. Em todo o caso cantam às vezes durante a sobremesa para o doutor ouvir. A bandeira se balançando na sacada do Teatro Nacional lembra ao doutor os admiráveis versos do poeta dos Escravos.

— Sim senhor! É bem a brisa de que fala Castro Alves.

— Que brisa, Nenê?

— Nada. Você não entende.

Ele entende. E goza a brisa que beija e balança.

— O Capitão Melo me afirmou que não há parque europeu que se compare com este do Anhangabaú.

— Exagero...

— Já vem você com a sua eterna mania de avacalhar o que é nosso! Pois fique sabendo...

Fique sabendo, Dona Balbina. Fique a senhora sabendo que o que é nosso é nosso. E vale muito. E vale mais que tudo. Vá escutando. Vá escutando em silêncio. E convença-se de uma vez para não dizer mais bobagens.

— Veja o movimento. E hoje é feriado, hein! Não se esqueça! Paris que é Paris não tem movimento igual. Nem parecido.

— Você nunca foi a Paris...

Isso também é demais. O melhor é não responder. Homem: o melhor é estourar.

— Meu Deus do céu! Não fui mas sei! Toda a gente sabe! Os próprios franceses confessam! Mas você já sabe: é a única pessoa no mundo que não reconhece nada, não sabe nada!

Guiados pelo fura-bolos do doutor todos os olhares se fixam na catedral em começo.

— Vai ser a maior do mundo! E gótica, compreenderam? Catedral gótica!

Na cabeça.

Gostosura de descer a toda a Ladeira do Carmo e cair no plano do Parque D. Pedro II.

— Seu professor, Juquinha, não lhe ensinou que D. Pedro era amicíssimo, do peito mesmo, de Victor Hugo, gênio francês?

Juquinha nem se dá ao trabalho de responder.

— Pois se não ensinou fez muito mal. Amizades como essa honram o país.

O chofer não deixa escapar um só buraco e Dona Balbina põe a mão no coração. Washington Coelho Penteado toma conta do cláxon.

— São um incentivo para as crianças. Quando maiores procurarão cultivá-las também.

O vento desvia as palavras do doutor, dos ouvidos da família. O Chevrolet não respeita bonde nem nada. Pomba só levanta o voo quando o automóvel parece que já está em cima dela.

– Este Brás! Este Brás! Não lhes digo nada!

Dez fósforos para acender um cigarro.

Dona Balbina olha a paineira. Mesma cousa que não olhasse. Juquinha vê um negócio verde. Washington Júnior um negócio alto. O doutor mais uma prova da pujança primeira-do-mundo da natureza pátria.

Interjeição admirativa. Depois:

– Reparem só na quantidade de automóveis. Dez desde São Miguel! E nenhum carro de boi!

60 por hora.

O Chevrolet perde-se na poeira. Dona Balbina se queixa. Juquinha coça os olhos.

– Pó quer dizer progresso!

Palavras assim são ditas para a gente saborear baixinho, repetindo muitas vezes. Pó quer dizer progresso. Logo surge uma variante: Pó, meus senhores, quer dizer tão simplesmente progresso. Na antiga Grécia... Mas uma dúvida preocupa o espírito do doutor: a frase é dele mesmo ou ele leu num discurso, num artigo, numa plataforma política? Talvez fosse do Rui até. Querem ver que é do bichão mesmo? Engano. Do Rui não é. Do Epitácio, do Epitácio também não. Não é nem do Rui nem do Epitácio então é dele mesmo. É dele.

Washington Júnior com o dedo no cláxon está torcendo para que apareça uma curva.

Velocidade.

– O Brasil é um gigante que se levanta. Dentro em breve...

Era uma vez um pneumático.

– Aquele telhado vermelho que vocês estão vendo é o Leprosário de Santo Ângelo.

É preciso ser bacharel e ter alguns anos de júri para descrever assim tão bem os horrores da morfeia também cognominada mal de Hansen, esse flagelo da humanidade desde os mais remotos tempos.

Dona Balbina se impressiona por qualquer cousa. Mas agora tem sua razão.

Altamente patriótica e benemérita a campanha de Belisário Pena. A ação dos governos paulistas igualmente. Amanhã não haverá mais leprosos no Brasil. Por enquanto ainda há mas isso de ter morfeia não é privilégio brasileiro. Não pensem não. O mundo inteiro tem. A Argentina então nem se fala. Morfético até debaixo d'água. E não cuida seriamente do problema não. Está se desleixando.

É. Está. Daqui a pouco não há mais brasileiro morfético. Só argentino. Povo muito antipático. Invejoso, meu Deus. Não se meta que se arrepende. Em dois tempos... Bom. Bom. Bom. Silêncio que a espionagem é brava.

As casas brancas de Mogi das Cruzes.

– Qual é o número mesmo daquele automóvel que está parado ali?
– P. 925.
– Veja você! P. 925!

Uma volta no largo da igreja. Parada na confeitaria para as crianças se refrescarem com Mocinha. Olhadela disfarçada em quatro pernas de anjo. Saudação vibrante ao progresso local.

Chevrolet de novo.

– Toca pra São Paulo!

Primeira. Solavanco. Segunda. Arranco. Terceira. Aquela macieza.

– Não! Pare!
– Pra quê, Nenê?
– Uma cousa. Onde será o telégrafo?

Onde será? Que tem, tem.

– O patrício pode me informar onde fica o telégrafo?

Muito fácil. Seguir pela mesma rua. Tomar a primeira travessa à direita. Passar o largo. Passar o sobradão vermelho. Virar na primeira rua à direita.

– Primeira à direita?

Primeira à direita. Depois da terceira é o prédio onde tem um pau de bandeira.

– Pau, não senhor. Bandeira desfraldada porque hoje é 15 de novembro. Muito agradecido.

Faz a família descer também. Puxa da caneta-tinteiro, floreiozinho no ar, começa: *Ex. Sr. Dr. Presidente da República dos Estados Unidos do Brasil. Palácio do Catete. Vale a pena pôr a rua também? Não. O homem tem que ser conhecido por força. Bem. Rio de Janeiro. Desta adiantada cidade tendo vindo Capital Estado uma hora dezessete minutos magnífica rodovia enviamos data tão grata corações patrióticos efusivos quão respeitosos cumprimentos erguendo viva República V. Ex.a* Que tal?

Ótimo, não? Só isso de República V. Ex.a é que está meio ambíguo. Parece que a República é de S. Ex.a. Não está certo. A República é de todos. Assim exige sua essência democrática. Assim sim fica perfeito: República e V. Ex.a Bravo. Dr. Washington Coelho Penteado, senhora e filhos.

— Quinze e novecentos.

— E eu que ainda queria pôr uma citação!

Não precisa. Como está está muito bonito.

— É bondade sua. Uma cousinha ligeira, feita às pressas...

Enquanto o telegrafista declama os dizeres mais uma vez Washington Coelho Penteado passa os quinze mil e novecentos réis.

Em plena rodovia de repente o doutor murcha. Emudece. Dona Balbina que estava dorme-não-dorme espertou com o silêncio. O doutor quieto. Mau sinal. Procurando adivinhar arrisca:

— Que é que deu em você? O preço do telegrama?

O gesto deixa bem claro que isso de dinheiro não tem a mínima importância.

Dona Balbina pensa um pouquinho (o doutor quieto) e arrisca de novo:

— Medo que o chefe saiba que você usa o automóvel de serviço todos os domingos? Domingos e dias feriados?

O gesto manda o chefe bugiar no inferno.

O Chevrolet corre atrás dos marcos quilométricos.

Só ao entrar em casa o doutor se decide a falar.

— Esqueci-me de pôr o endereço para a resposta!...

— **I-di-o-ta!**

Olhem só o gozo das crianças.

O FILÓSOFO PLATÃO
(Senhor Platão Soares)

Fechou a porta da rua. Deu dois passos. E se lembrou de que havia fechado com uma volta só. Voltou. Deu outra volta. Então se lembrou de que havia esquecido a carta de apresentação para o diretor do Serviço Sanitário de São Paulo. Deu uma volta na chave. Nada. É verdade: deu mais uma.

— Nhana! Nhana! Nhana!

Nhana apareceu sem meias no alto da escada.

— Estou vendo tudo.

– Ora vá amolar o boi! Que é que você quer?
– Na gaveta do criado-mudo tem uma carta. Dentro de um envelope da Câmara dos Deputados. Você me traga por favor. Não. Eu mesmo vou buscar. Prefiro.
– Como queira.
E foi buscar. Saiu do quarto e parou na sala de jantar.
– Ainda tem geleia aí, Nhana?
– No armário debaixo de uma folha de papel.
– Obrigado.
Escolheu cuidadosamente o cálice. Limpou a colherinha no lenço. Nhana ia passando com o ferro de passar. Mas não se conteve.
– Platão, Platão, você não vai falar com o homem, Platão?
– Calma. Muita calma. Glorinha entregou o ordenado?
Nhana sacudiu a cabeça:
– Sim senhor!
Fingiu que não compreendeu. Raspado o fundo do cálice lavou meticulosamente as mãos. E enxugou sem pressa. Dedo por dedo. Abriu a porta. Fechou. Vinha vindo um bonde a duzentos metros. Esperou. Agora o ônibus. Esperou. Agora um automóvel do lado contrário. Esperou. Olhou bem de um lado. Olhou bem de outro. Certificou-se das condições atmosféricas de nariz para o ar. Marcialmente atravessou a rua.
O poste cintado esperava os bondes com gente em volta. Platão quando ia chegando escorregou numa casca de laranja. Todos olharam. Platão equilibrou-se que nem japonês. Encarou os presentes vitoriosamente. Na lata, seus cretinos. Esfregou a sola do sapato na calçada e foi esperar em outro poste. Chegou de cabeça baixa.
– Boa tarde, Platão.
– O mesmo, Argemiro, como vai você?
– Aqui neste solão esperando o maldito 19 que não chega!
Platão cavou um arzinho risonho. Acendeu um cigarro. Disse sem olhar:
– Eu espero o ônibus da Light.
– Milionário é assim.
Primeiro deu um puxão nos punhos postiços. Depois respondeu:
– Nem tanto...
O 19 passou abarrotado. Argemiro não falava. Platão sim de vez em quando:
– Esse é um dos motivos por que eu prefiro o ônibus da Light apesar do preço. Tem sempre lugar. Depois é um Patek.

Mas era só para moer.

Argemiro deu adeusinho e aboletou-se à larga num 19 vazio. Então Platão soltou um suspiro e pongou o 13 que vinha atrás.

Ficou no estribo. Agarrado no balaústre. Imaginando desastres medonhos. Por exemplo: cabeçada num poste. Escapando do primeiro no segundo. Impossível evitar. Era fatal. Uma sacudidela do bonde e pronto. Miolos à mostra. E será que a Nhana casaria de novo?

– O senhor dá licença?

– Toda.

Não tinha visto o lugar. Pois a mulher viu. Que danada. Toda a gente passava na frente dele. Triste sina. Tomava cocaína. Ora que bobagem.

– Ô Seu Platãozinho!

A voz do Argemiro. Enfiou o rosto dentro do bonde.

– Ô seu pândego!

O cavalheiro do balaústre foi amável:

– Parece que é com o senhor.

– Olá, Argemiro, como vai você?

– Te gozando, Platãozinho querido!

Resolveu a situação descendo.

– Não tem nada de extraordinário, Argemiro. Não precisava lazer tanto escândalo. Homessa! Então eu sou obrigado a andar de ônibus só? E ainda por cima da Light? E não tendo dinheiro trocado no bolso? Homessa agora! Homessa agora!

– Até outra vez, seu bocó!

Profunda humilhação com o sol assando as costas.

Mas não é que tinha de descer ali mesmo? Praça da República, Rua do Ipiranga, Serviço Sanitário. Esta agora é de primeiríssima ordem. Argemiro sem querer fez um favor. Um grande? Um grandérrimo.

Para a satisfação consigo mesmo ser completa só faltava abrir o guarda-sol. Você não quer abrir, desgraçado? Você abre, desgraçado, amaldiçoado, excomungado. Abre nada. Nunca viu, seu italianinho de borra? Guarda-sol, guarda-sol, não me provoque que é pior. Desgraçado, amaldiçoado, excomungado. Platão heroicamente fez mais três tentativas. Qual o quê. Foi andando. Batia duro com a ponteira na calçada de quadrados. De vingança. Se duvidarem muito as costas já estão fumegando. Depois asfalto foi feito **es-pe-ci-al-men-te** para aumentar o calor da gente. Platão parou. Concentrou toda a sua habilidade na ponta dos dedos. É agora.

Não e não. Vamos ver se vai com jeito. Guarda-solzinho de meu coração, abra, sim meu bem? Com delicadeza se faz tudo. Você não quer mesmo abrir, meu amorzinho? Está bem. Está bem. Paciência. Fica para outra vez. Você volta pro cabide. Cabide é o braço. Que cousa mais engraçada.

Rua do Ipiranga. Eta zona perigosa. Platão não tirava os olhos das venezianas. Só mulatas. Eta zona estragada.

– Entra, cheiroso!
– Sai, fedida!

Que resposta mais na hora, Nossa Senhora. É longe como o diabo esse tal de Serviço Sanitário. Pensando bem.

– Boa tarde, Seu Platão, como vai o senhor? Ó Dona Eurídice, como vai passando a senho... ora que se fomente!

Olhou para trás. Não ouviu. Que ouvisse. Parou diante da placa dourada. Sem saber se entrava ou não. Não será melhor não? Tanta escada para subir, meu Deus.

O tição fardado chegou na porta contando dinheiro.

– O doutor diretor já terá chegado?
– Parece que ainda não chegou, não senhor.

Aí resolveu subir.

– O doutor diretor ainda não chegou?

O cabeça-chata custou para responder.

– Chegou, sim senhor. Quer falar com ele?
– Ah, chegou?

O cabeça-chata papou uma pastilha de hortelã-pimenta e falou:

– Agora é que eu estou reparando... o Seu Platão Soares... Sim senhor, Seu Platão. Desta vez o senhor teve sorte mesmo: encontrou o homem. Vá se sentando que o bicho hoje atende.

Platão deu uma espiada na sala.

– Xi! Tem uns dez antes de mim.
– Paciência, não é?

Platão se abanava com o chapéu-coco. Triste. Triste. Triste.

– Que é que você está chupando?
– Eu? Eunãoestouchupandonadanãosenhor!

Platão deu um balanço na cabeça.

– Sabe de uma cousa? Aai!... Eu volto amanhã...
– O senhor dá licença de um aparte, Seu Platão? Eu se fosse o senhor não deixava para amanhã não. O senhor já veio aqui umas dez vezes?

– Não tem importância. Eu volto amanhã.

– Admiro o senhor, Seu Platão. O senhor é um **fi-ló-so-fo**, Seu Platão, um grande **fi-ló– so-fo!**

– Até amanhã.

– Se Deus quiser.

Desceu a escada devagarzinho. Tirando a sorte. Pé direito: volto. Pé esquerdo: não volto. Foi descendo. Volto, não volto, volto, não volto, vol.... to, não vol... to, vol... to! Parou. Virou-se. Mediu a escada. Virou-se. Olhou a rua. É verdade: e o degrau da soleira da porta? Mais um não-volto. Mais um. Porém para chegar até ele justamente um passo: volto. Ai está. Azar. O que se chama azar. Platão retesou os músculos armando o pulo. Deu. De costas na calçada. A mocinha que ia chegando com a velhinha suspendeu o chapéu. A velhinha suspendeu o guarda-sol. O chofer do outro lado da rua suspendeu o olhar. Platão Soares finalmente suspendeu o corpo. Ficou tudo suspenso. Até que Platão muito digno pegou o chapéu. Agradeceu. Ia pegando o guarda-sol. A velhinha quis fechá-lo primeiro.

– Não, minha senhora! Prefiro assim mesmo aberto, por favor. Muito agradecido. Muito agradecido.

De guarda-sol em punho deu uns tapinhas nas calças. Depois atravessou a rua. Parou diante do chofer. Cousa mais interessante ver mudar um pneumático.

E não demorou muito.

– Eu se fosse o senhor levantava um pouquinho mais o macaco, não acredita?

A APAIXONADA ELENA
(Senhorinha Elena Benedita de Faria)

– Quem é que me leva hoje no Literário?

Ficou esperando a resposta.

Dona Maria da Glória fazia uns desenhos na toalha com a ponta do garfo. Achando muita graça na história do Dico. Esses meninos. Mas o melhor ainda não tinha sido contado: a negra perdeu a paciência e meteu a mão na cara do gerente. A rapaziada por pândega fez uma subscrição e deu uns dois mil e tanto para a negra. E a polícia? Que polícia? Negra decidida está ali.

– Quem é que me leva hoje no Literário, mamãe?

Ficou esperando a resposta.

Dona Maria da Glória falou:

– Vamos para outra sala que aqui está calor demais.

Dico pôs no Panatrope o Franchie and Johnny. E diante do aparelho ensaiava uns passos complicados. Pé direito atrás. Batida de calcanhares. Pé direito na frente. Batida de calcanhares. Saiu andando que nem cavalo de circo.

Elena sentou-se, abriu a revista diante do rosto pôs uma perna em cima da outra.

– Tenha modos, menina!

Suspirou, descruzou as pernas. Dico foi se chegando. Deu um tabefe na revista, fugiu de banda deslizando.

– Chorando! Que é que ela tem, mamãe?

– Sei lá. Bobagens. Pare com essa dança que me estraga o encerado.

Elena levantou-se e as lágrimas caíram.

– Onde é que vai? Sente-se aí!

Dico parou a música. Foi ficar diante da irmã de beiço caído.

– As lágrimas da mártir.

Dona Maria mandou que o Dico ficasse quieto, não amolasse nem fosse moleque. E mandou Elena enxugar as lágrimas que já estavam incomodando. Dico jogou o lenço no colo da irmã. Elena jogou o lenço no chão por desaforo. Enxugou com a gola da blusa.

– Sou mesmo uma mártir, pronto!

Os olhares da mãe e do irmão encontraram-se bem em cima do vaso de flores de vidro. Despediram-se e se foram encontrar de novo nos olhos molhados da mártir Elena. O Doutor Zósimo veio lá de dentro escovando os dentes. Sacudiu a cabeça para a mulher:

– Que é que há? A mulher esticou o queixo e abriu os braços: Não sei não!

– Malvados! Não querem me levar no Literário!

– Quem é que não quer?

– Vocês!

Então o Doutor Zósimo voltou lá para dentro babando espuma. O Dico pegou o chapéu, beijou o rosto da mãe, curvou-se diante da irmã, fez umas piruetas e saiu cantando o Pinião. Dona Maria da Glória tirou o cachorro do colo. Depois deu uma mirada vaga assim em torno. Depois penteou o cabelo com os dedos. Finalmente bocejou e disse:

— Não seja boba, menina!

E foi embora.

O ruído da rua. O sol entrando pela porta aberta que dava para o terraço. Batiam pratos na copa. O cachorro latindo para o Doutor Zósimo. Esta mesa seria mais bonita se fosse mais baixa.

Elena espreguiçou-se e pôs no Panatrope um disco bem chorado dos Turunas da Mauriceia.

— Que vestido eu visto, mamãe?

— O azul.

Foi. Demorou um pouco. Voltou.

— Está todo amassado, mamãe.

— Então o verde.

— Com aqueles babados?

E repetiu:

— Com aqueles babados indecentes?

E tornou a repetir:

— Com aqueles babados indecentes, horrorosos, imorais?

Dona Maria da Glória estava na página dos anúncios.

— Em que vapor partiu a Dulce mesmo?

— Como é que a senhora quer que eu me lembre?

— Não seja insolente!

Fechou-se no quarto. Cinco minutos se tanto. Abriu a porta. Disse da porta:

— Eu vou pôr o novo futurista.

— Ponha o verde já disse!

— Oh desgraça, meu Deus!

Se o Zósimo continuasse a não fazer caso ela como mãe estava decidida: curaria aquele nervosismo a chinelo.

A toda hora olhava o ponteiro dos minutos. Já querendo ir embora. Vinte para as oito. Às oito acaba com o hino nacional. No fundo dança não passa de uma sem-vergonhice muito grande. A gente conta na certa com uma coisa: vai a cousa não acontece. As primas não paravam sentadas. Há moças que tiram seus pares de longe: é um jeito de olhar.

Voltar para casa, ler na cama a revista de Hollywood, procurar dormir. Com aquele calorão. E amanhã bem cedo: dentista. A vida é pau. Dez para as oito.

Dez para as oito Firmianinho apareceu. Começou a inspeção pelo lado esquerdo. Foi indo. No canto direito parou. Veio vindo. Chegou. Enfim chegou.

– Boa noite.
– Boa noite.

Tanta aflição antes e agora este silêncio. Dançavam empurrados. Não valeu de nada ter preparado a conversa. Tinha uma pergunta para fazer. Não era bem uma pergunta. Endireitando o busto parecia que se dominava. Felizmente repetiram o maxixe.

– Sabe que comprei um Reo? 22.222.
– Bonitinho?
– Assim assim. Dezoito contos.

Para que dizer o preço? Matou a conversa no princípio. Não tendo coragem de ver precisava perguntar. Então imaginava um modo, imaginava outro cada vez mais nervosa. E dançavam. O maxixe está com jeito de estar acabando. Perguntava agora. Daqui a pouco. No finzinho. Não perguntaria: olharia e pronto. O hino nacional continuou o maxixe.

– Tirou as costeletinhas?
– Ainda não viu?

Ora que resposta.

Quando pararam junto das primas dela ele virou bem o rosto de propósito. Tirou sim. Agora sim. Isso sim.

Despediram-se com muita alegria.

Chegou em casa foi direitinho para o quarto. Tirou o chapéu em frente do espelho. Guardou a bolsa. Ia tirar o vestido de bordados indecentes, horrorosos, imorais. Mas se jogou na cama com os olhos cheios de lágrimas.

O INTELIGENTE CÍCERO
(Menino Cícero José Melo de Sá Ramos)

Dois dias depois da chegada de Cícero ao mundo (garoava) o *Diário Popular* escreveu: *Acha- se em festas o venturoso lar do nosso amigo senhor Major Manuel José de Sá Ramos, conhecido fabricante do molho João Bull e da pasta dentifrícia Japonesa, e de sua gentilíssima consorte Dona Francisca Melo de Sá Ramos, com o nascimento de uma esperta criança do sexo masculino que receberá na pia batismal o nome de Cícero. Felicitamos muito cordialmente os carinhosos pais.* O major foi pessoalmente à redação levar os agradecimentos dos carinhosos pais e no dia seguinte o órgão da opinião pública registrou a visita referindo-se mais uma vez à espertesa congênita de Cícero.

Quando o pequeno fez dois anos passou a ser robusto. Quando fez quatro foi promovido pelo *Diário Popular* a inteligente e mui promissor menino.

Nesse dia Dona Francisca achou que era chegado o momento de ensinar ao Cícero *O Estudante Alsaciano*. Seis estrofes mais ou menos foram decoradas. E a madrinha Dona Isolina Vaz Costa (cuja especialidade era doce de ovos) foi de parecer que quanto à dicção ainda não está visto mas quanto à expressão Cícero lembrava o Chabi Pinheiro. No entanto advertiu que do meio para o fim é que era mais difícil. Principalmente quando o heroico rapazinho desabotoava virilmente a blusa preta e gritava batendo no peito: Aqui dentro, aqui é que está a França!

Cícero na véspera do Natal de seus cinco anos às sete horas da noite estava entretido em puxar o rabo do Biscoito quando Dona Francisca veio buscá-lo para dormir. Cícero esperneou, berrou, fugiu e meteu-se embaixo da mesa da sala de jantar. Foi pescado pelas orelhas. Carregado até a cama.

Dona Francisca tirou a roupa dele, enfiou-o no macacão e disse:

— Vá dizer boa-noite para papai.

Beijada a mão do major (que decifrava umas charadas do Malho) voltou. E Dona Francisca então falou assim:

— Olhe aqui, meu filhinho. Tire o dedo do nariz. Olhe aqui. Você agora vai pôr seu sapatinho atrás da porta (compreendeu?) para São Nicolau esta noite deixar nele um brinquedo para o meu benzinho.

Cícero obedeceu correndo.

— Bom. Agora reze com a mamãe para Nossa Senhora proteger sempre você.

Rezou sem discutir.

— Assim sim que é bonito. Não meta o dedo no nariz que é feio. E durma bem direitinho para São Nicolau poder deixar um brinquedo bem bonito.

Cícero no escuro deu de pensar no presente de São Nicolau. E resolveu indicar ao santo o brinquedo que queria por causa das dúvidas. Não confiava no gosto do santo não. Na sua cabeça os soldados vistos de manhã marchavam com a banda na frente. E disse baixinho:

— São Nicolau: deixe uma espingardinha.

Virou do lado direito e dormiu de boca aberta. Às sete da manhã encontrou um brinquedo de armar atrás da porta. Ficou danado. Deu um pontapé no brinquedo. E chorou na cama apertando o dedão do pé.

Na véspera do Natal de seus seis anos às sete e meia da noite estava Cícero matando moscas na copa quando o major veio chamá-lo para dormir. Ranzinzou. Choramingou. Quis escapar. Foi seguro por um braço e posto a muque na cama. Dona Francisca já esperava afofando o travesseiro.

– Fique quietinho, meu filho, que é para São Nicolau trazer um brinquedo para você.

Não quis ouvir mais nada. Arrancou os sapatos e foi mais que depressa deixar atrás da porta. Mas depois ficou algum tanto macambúzio. Coçando a barriga e tal.

– Que é que você tem? Mostre a língua.

Com má vontade mas mostrou. Dona Francisca verificou o seu aspeto saudável.

– Vá. Diga para sua mamãe que é que você tem.
– Como o da outra vez eu não quero mesmo.
– Não quer o quê?
– O brinquedo...

Dona Francisca riu muito. Beijou a cabecinha do Cícero. Foi buscar um lenço. Encostou no nariz do filho.

– Assoe. Com bastante força. Assim. De novo. Está bem. Agora me diga direitinho que brinquedo você quer que São Nicolau traga.
– Não.
– Diga sim, minha flor, para mamãe também pedir.
– Não.
– Então mamãe apaga a luz e vai embora. Depois que ela sair o meu filhinho ajoelha na cama e diz bem alto o presente que ele quer para São Nicolau poder ouvir lá do céu. Dê um beijinho na mamãe.

Não ajoelhou não. Ficou em pé em cima do travesseiro, ergueu o rosto para o teto e berrou:

– Eu quero um tamborzinho, São Nicolau! Ouviu? Também um chicotinho e uma cornetinha! Ouviu?

Dona Francisca ouviu. E o major logo de manhãzinha levou uma cornetada no ouvido. Pulou da cama indignadíssimo. Porém o tambor já ia rolando pelo corredor. O chicotinho foi reservado para o Biscoito.

Cícero na véspera do Natal de seus sete anos às oito horas da noite estava beliscando os braços da Guiomar quando Dona Francisca (regime alemão) apareceu na porta da cozinha para mandá-lo dormir. Escondeu-se atrás da Guiomar.

– Depois, mamãe, depois eu vou!
– Já e já!

O rugido do major daí a segundos decidiu-o.

Sentado na cama bebeu umas lágrimas, fez um ligeiro exercício de cuspo tendo por alvo o armário, vestiu a camisola e veio descalço até o escritório beijar a mão do papai e da mamãe. Dona Francisca voltou com ele para o quarto. Sentou-o no colo.

– Você já pôs os sapatos atrás da porta?

Cícero fez-se de desentendido.

– Eu sou paulista mas... de Taubaté!
– Agora não é hora de cantar. Responda.
– Atrás da porta não cabe.

Dona Francisca não podia compreender. Não cabe o quê?

– O que eu quero.
– Que é que você quer?

Cícero começou a contar nos dedos.

– Um-dois, feijão com arroz! Três-quatro...
– Responda!
– Ara, mamãe...
– Diga. Que é?
– Ara...
– Não faça assim. Diga!

Foi barata que entrou ali debaixo do armário?

– Eu quero... Ah! Mamãe, eu não quero dizer...
– Se você não disser São Nicolau castiga você.
– Quando é que a gente vai na chácara de titio outra vez?

Dona Francisca apertou os braços do menino.

– Assim machuca, mamãe! Eu quero um automóvel igual ao de titio, pronto!

– Que é isso, Cícero? Um Ford? Pra quê? Você é muito pequeno ainda para ter um Ford.

– Mas eu quero, pronto!

Dona Francisca deixou o filho muito preocupada e foi confabular com o major. Mas o major (premiado com um estojo Gillette no concurso charadístico do Malho) achou logo a solução do problema.

– Tenho uma ideia genial.

Tapou a ideia com o chapéu e saiu. Dona Francisca ninava o corpo na cadeira de balanço louca para adivinhar.

As sete horas da manhã Cícero sem sair da cama encompridou o pescoço para examinar um automóvel deste tamanhinho parado no meio do quarto. Meio tonto ainda deu um pulo e foi ver o negócio de perto. Em cima do volante tinha um bilhete escrito à máquina: Meu querido Cícero. Dentro de meu cesto não cabia um automóvel grande como você pediu. Por isso deixo este que é a mesma cousa. Tenha sempre muito juízo e seja bonzinho para seus pais.

(a) S. Nicolau.

Não vê. Cícero soltou dois ou três berros que levantaram no travesseiro os cabelos cortados de Dona Francisca. O major enfiou os pés nos chinelos e foi ver o que havia. Cícero pulava de ódio.

– Mas você não viu o bilhete, meu filhinho? Quer que eu leia para você?

– Eu não quero essa porcaria!

O major encabulou e se ofendeu mesmo. Dona Francisca veio também saber da gritaria.

– Mas então, Cícero! Não chore assim. Você chorando São Nicolau nunca mais traz um presente para você.

– Eu não preciso de nada!

O major já alimentava a sinistra ideia de passar um dos chinelos do pé para a mão. Dona Francisca pelo contrário ameigava a voz.

– Ah, meu benzinho, assim você deixa mamãe triste! Não chore mais.

O major foi se aproximando do filho assim como quem não quer.

– Deixe, Neco. Agradando se arranja tudo.

Do lado de lá da cama o Cícero desesperado da vida. Do lado de cá os carinhosos pais falando alternadamente. Sobre a cama (já com um farol espatifado) o pomo da discórdia.

– São Nicolau é velhinho. Não pode carregar um cesto muito grande...

– E depois por grandão que fosse não podia caber um Ford de verdade dentro dele...

– É. E se cabesse...

– Se coubesse, Francisca!

– ... se coubesse São Nicolau não aguentaria com o peso...

— Está cansado, não tem mais força.

Cícero foi retendo a choradeira. Levantou a camisola para enxugar as lágrimas.

— Não fique assim descomposto!

Os últimos soluços foram os mais doídos para engolir. Mas parecia convencido.

— Então? Não chora mais?

Assumiu uns ares meditabundos. Em seguida pôs as mãos na cintura. Ergueu o coco. Pregou os olhos no pai (o major sem querer estremeceu). Disse num repente:

— Se ele não podia com o peso por que não deixou o dinheiro para eu comprar o Fordinho então?

Nem o major nem Dona Francisca tiveram resposta. Ficaram abobados. Berganharam olhares de boca aberta. O major piscava e piscava. Sorrindo. Procurou alcançar o filho contornando a cama. Cícero farejou uns cocres e foi se meter entre o armário e a janela. Fazendo beicinho. Tremendo encolhido.

— Não dê em mim, papai, não dê em mim!

Mas o major levantou-o nos braços. Sentou-se na beirada da cama com ele no colo. Cícero. Apertou-lhe comovidamente a cabeça contra o peito. Olhando para a mulher traçou com a mão direita três círculos pouco acima da própria testa. Depois mordeu o beiço de baixo e esbugalhou os olhos para o teto. Cícero. Dona Francisca sorriu apertando os olhos:

— Veja você, Neco!

— Estou vendo! E palavra que tenho medo!

Dona Francisca não entendeu. E o major então começou a explicar.

A INSIGNE CORNÉLIA
(Dona Cornélia Castro Freitas)

O sol batia nas janelas. Ela abriu as janelas. O sol entrou.

— Nove horas já, Orozimbo! Quer o café?

— Que mania! Todos os dias você me pergunta. Quero, sim senhora!

Não disse palavra. Endireitou a oleogravura de Teresa do Menino Jesus (sempre torta) e seguiu para a cozinha. O café já estava pronto. Foi só encher a xícara, pegar o açúcar, pegar o pão, pegar a lata de manteiga, pôr tudo na bandeja. Mas antes deu uma espiada no quarto do Zizinho. Deu um suspiro. Fechou a porta à chave. Foi levar o café.

– E a Folha?

– Acho que ainda não veio.

– Veio, sim senhora! Vá buscar. Você está farta de saber...

Para que ouvir o resto? Estava farta de saber. Trouxe a Folha. Voltou para a cozinha.

– Aurora! Ó Aurora!

Pensou: essa pretinha me deixa louca.

– Onde é que você se meteu, Aurora?

Pensou: só essa pretinha?

Começou a varrer a sala de jantar. E a resolver o caso da Finoca. O médico quer tentar de novo as injeções. Mas da outra vez deram tão mal resultado. Será que não prestavam? Farmácia de italiano não merece confiança. Massagem é melhor: se não faz bem, mal não faz. Só se doer muito. Então não. Chega da coitadinha sofrer.

– A senhora me chamou?

Tantas ordens. Esperar a passagem do verdureiro. Comprar alface. Não: alface dá tifo. Escolher uma abobrinha italiana, tomates e um molho de cheiro. Lavar a cozinha. Passar o pano molhado na copa. Matar um frango. Fazer o caldo da Finoca. Não se esquecer de ir ali no Seu Medeiros e encomendar uma carroça de lenha. Mas bem cheia e para hoje mesmo sem falta.

A indignação de Orozimbo com os suspensórios caídos subiu ao auge:

– Porcaria de casa! Não tem um pingo de água nas torneiras!

– Na cozinha tem.

Encheu o balde. Levou no banheiro.

– Por que não mandou a Aurora trazer?

– Não tem importância.

Pisando de mansinho entrou no quarto da Finoca. Ajeitou a colcha. Pôs a mão na testa da menina. Levantou a boneca do tapete. Sentou-a na cadeira.

Endireitou o tapete com o pé. Apesar de tudo saiu feliz do quarto da Finoca.

– Então?

– Sem febre.

– Não era sem tempo. O Zizinho já se levantou?

Deu de varrer desesperadamente. Orozimbo olhava sentado com os cotovelos fincados nas pernas e as mãos aparando o rosto. Os chinelos de Cornélia eram de pano azul e tinham uma flor bordada na ponta. Vermelha com umas cousas amarelas em volta. Antes desses que chinelos ela usava mesmo? Não havia meio de se lembrar. De pano não eram: faziam nheque-nheque. De couro amarelo? Seriam?

– Como eram aqueles chinelos que você tinha antes, hem, Cornélia?
– Por que você quer saber?
– Por nada. Uma ideia. Diga.
– Não me lembro.

Está bem. Levantou-se. Espreguiçou-se. Deu dois passos.

– Onde é que vai?
– Ver se o Zizinho está acordado.

Cornélia opôs-se. Deixasse o menino dormir, que diabo. Só entrava no serviço às onze horas. Tinha tempo. Depois a Aurora estava lavando a cozinha. Molhar os pés logo de manhã cedo faz mal. Quanto mais ele que vivia resfriado. Não fosse não.

– Vou sim. Tem de me fazer um serviço antes de sair.

Cornélia ficou apoiada na vassoura rezando baixinho. Prontinha para chorar. E ouvia as sacudidelas no trinco. E os berros do marido. Depois o silêncio sossegou-a. Recomeçou a varrer com mais fúria ainda.

Orozimbo entrou judiando do bigode. Deu um jeito no cós das calças e arrancou a vassoura das mãos da mulher.

– Que é isso, Orozimbo? Que é que há?
– Há que o Zizinho não dormiu hoje em casa e há que a senhora sabia e não me disse nada!
– Não sabia.
– Sabia! Conheço você!
– Não sabia. Depois ele está no quarto.
– A chave não está na fechadura!
– Então já saiu.
– E fechou a porta! Para quê, faça o favor de me dizer, para quê?

Então Cornélia puxou a cadeira e atirou-se nela chorando. Orozimbo andava, parava, tocava piano na mesa, andava, parava. Começava uma frase, não concluía, assoprava a ponta do nariz, começava outra, também não concluía. Parou diante da mulher.

– Não chore. Não adianta nada.

Depois disse:

– Grande cachorrinho!

E foi pôr o paletó.

Cornélia enxugou os olhos com as mãos. Enxugou as mãos na toalha da mesa. Ficou um momento com o olhar parado na Ceia de Cristo da parede. Muito cautelosamente caminhou até o quarto do Zizinho. Tirou a chave do bolso do avental. Abriu a porta. Começou a desfazer a cama depressa. Mas quando se virou deu com o Zizinho.

– Ah seu... Onde é que você andou até agora?

– Quem? Eu?

– Quem mais?

– Eu? Eu fui a Santos com uns amigos...

– Você está mentindo, Zizinho.

– Eu, mamãe? Não estou, mamãe. Juro. Vá jurar para seu pai.

Zizinho tirou o chapéu. Sentou-se na cama. Esfregava as mãos. Maria olhava para ele sacudindo a cabeça.

– Por que que a senhora mesma não explica para papai, hem? Faça esse favorzinho para seu filho, mamãe.

Disse que não e deixou o filho no quarto bocejando.

Orozimbo quando soube da chegada do Zizinho quis logo ir arrancar as orelhas do borrinha. Mas ameaça ir – resolve ir depois, resolve ir mesmo – precisa ficar por causa das lágrimas da mulher, precisa dar uma lição no pestinha – a raiva vai diminuindo: não foi. Seja tudo pelo amor de Deus. Depois se o menino virasse vagabundo de uma vez, apanhasse uma doença, fosse parar na cadeia, ele não tinha culpa nenhuma. A culpa era todinha de Cornélia. Ele, o pai, não queria responsabilidades.

– Você não almoça?

– Vou almoçar com o Castro. Eu lhe disse ontem.

– Tem razão.

– Mas não se acabe dessa maneira!

– Não. Até logo.

– Até logo.

Zizinho jurou que outra vez que tivesse de ir para Santos com os amigos avisava os pais nem que fosse à meia-noite. E Cornélia estalou uns ovos para ele. Estavam ali na mesa satisfeitos porque tudo se acomodou bem.

– A senhora não come?

– Não. Estou meio enjoada.

Finoca de vez em quando levantava um gemido choramingado no quarto e ela corria logo. Não era nada graças a Deus. Cousas da moléstia.

Antes de sair Zizinho fez outra promessa de cigarro aceso: assim que chegasse na Companhia iria pedir perdão ao pai. Daria esse contentamento ao pai.

Tudo se acomodou tão bem. Cornélia ajudada pela Aurora pôs a Finoca na cadeirinha de rodas.

– Mamãe leva o benzinho dela no sol.

Costurar com aquela luz nos olhos.

– Mamãe, leia uma história pra mim.

Livro mais bobo.

– É melhor você brincar com a boneca.

– Não, mamãe. Eu quero que você leia.

A formiguinha pôs o vestido mais novo que tinha e foi fiar na porta da casa. Fiar criança brasileira não sabe o que é: a formiguinha toda chibante foi costurar na porta da casa dela. O gato passou e perguntou pra formiguinha: Você quer casar comigo, formiguinha? A formiguinha disse: Como é que você faz de noite?

– Miau-miau-miau!

– Viu? Você já sabe todas as histórias.

– Mas leia, mamãe, leia.

A costura por acabar. Tanta cousa para fazer. Um enjoo impossível no estômago. A formiguinha preparou as iguárias ou as iguarias?

Aurora ficou toda assanhada quando viu quem era.

– Ó Dona Isaura! Como vai a senhora, Dona Isaura?

– Bem. Você está gorda e bonita, Aurora.

– São seus olhos, Dona Isaura! Muito obrigada!

O vestido vermelho foi furando a casa até o terraço do fundo. Não quis sentar-se Era um minuto só. Mexia-se. Virava de uma banda. De outra.

– Eu vim lhe pedir um grande favor, Cornélia.

Aurora encostada no batente da cozinha escutava enlevada.

– Vá fazer seu serviço, rapariga!

Não foi sem primeiro ganhar um sorriso e guardar bem na cabeça o feitio do vestido. Atrás principalmente.

– Você não imagina como estou nervosa!

– Mamãe como vai?

Vai bem. Mas não é mamãe não. É a Isaurinha. Você não pode imaginar como a Isaurinha está impertinente, Cornélia. É um horror! Quase me acaba com a vida! Hoje de manhã não quis tomar o remédio. E agora às duas horas tem que tomar justamente aquele que ela mais detesta. Só em pensar, meu Deus!.

Até Finoca sorria com a boneca no colo. Isaura abriu a bolsa e passou uma revista demorada no rosto e no chapéu levantando e abaixando o espelhinho.

– Titia está muito bonitinha.

Virou-se de repente, fechou a bolsa e fez uma carícia na cabeça da menina.

– Que anjo! Olhe aqui, Cornélia. Eu queria que você por isso me fizesse a caridade (olhe que é caridade) de dar daqui a pouco um pulo lá em casa. Isaurinha com você perto toma o remédio e fica sossegada. Tem uma verdadeira loucura por você, não compreendo!

Cornélia que estava implicando com a toalha de banho ali no terraço levantou-se, pegou a toalha, dobrou, chamou a Aurora, mandou levar a toalha no banheiro. Aurora foi recuando até a sala de jantar.

E você, Isaura, onde se atira?

– Eu? Ah! Eu vou, imagine você, eu tenho cabeleireiro justamente às duas horas. Mas você me faz o favor de ir ver a Isaurinha, não faz?

– E a Finoca?

Isaura deu logo a solução:

– Você leva na cadeira mesmo. Põe no automóvel.

– Que automóvel?

Pensou em oferecer o dinheiro. Mas desistiu (podia ofender, Cornélia é tão esquisita) e disse:

– No meu! Ele me leva na cidade, depois vem buscar vocês.

– Está bem.

Deixaram a menina no terraço e foram para o quarto de Cornélia. Isaura estava entusiasmada com a companhia de revistas do Apolo. Cornélia não podia imaginar. Que esperança. Nem Cornélia nem ninguém. Só indo ver mesmo. Era uma maravilha. Na última peça principalmente tinha um quadro que nem em cinema podiam fazer igual. Toda a gente reconheceu. Chamado No Reino da Quimera. Quando a cortina se abria aparecia um quarto iluminado de roxo (uma beleza) com uma mulher quase nua deitada num sofá e fumando num cachimbo comprido. Bem comprido e fino. Era um tango: Fumando Espero. Há? Que lindo, hem? Depois entrava um homem elegantíssimo com a cara do Adolfo Menjou. Mas a cara igualzinha. Uma cousa fantástica. Outro tango (bem arrastado): Se Acabaron los Otarios.

Cornélia passou a mão na testa, caiu na cadeira diante do toucador.

— Que é que você tem?

— Nada.

Um ameaço de tontura.

— Você não almoçou?

— Não. Nem cheiro da comida eu suporto.

Isaura olhou bem para a irmã. Teve pena da irmã.

— Será possível, Cornélia?

Levantou a testa da mão. Deixou cair a testa na mão.

Então Isaura não se conteve e começou a dar conselhos em voz baixa. Não fosse mais boba. Havia um meio. E mais isto. E mais aquilo. Não tinha perigo não. Fulana fazia. Sicrana também. Ela Isaura (nunca fez, não é?) mas se precisasse faria também, por que não? Ninguém reparava. Pois está claro. Religião. Que é que tem religião com isso? Estarem ali se sacrificando? Não.

Mas Cornélia ergueu o olhar para a irmã, fez um esforço de atenção:

— Não é o choro da Finoca?

Não era. Parecia que sim. Era sim. Não era. Era no vizinho.

— E então?

— Isso é bom para as mulheres de hoje, Isaura. Eu sou das antigas...

Insensivelmente a gente abaixa os olhos.

Está bem. Desculpe. Não se fala mais nisso. Até loguinho, Cornélia. Eu mando o automóvel já. Até loguinho. E muito obrigada, sabe:

A irmã já estava longe quando ela respondeu devargarzinho:

— Ora... de nada...

O MÁRTIR JESUS
(Senhor Crispiniano E. de Jesus)

De acordo com a tática adotada nos anos anteriores Crispiniano B. de Jesus vinte dias antes do carnaval chorou miséria na mesa do almoço perante a família reunida:

— As cousas estão pretas. Não há dinheiro. Continuando assim não sei aonde vamos parar!

Fifi que procurava na Revista da Semana um modelo de fantasia bem bataclã exclamou mastigando o palito:

– Ora, papai! Deixe disso...

A preta de cabelos cortados trouxe o café rebolando. Dona Sinhara coçou-se toda e encheu as xícaras.

– Pra mim bastante açúcar!

Crispiniano espetou o olhar no Aristides. Espetou e disse:

– Pois aí está! Ninguém economiza nesta casa. E eu que aguente o balanço sozinho!

A família em silêncio sorveu as xícaras com ruído. Crispiniano espantou a mosca do açucareiro, afastou a cadeira, acendeu um Kiss-Me-De-Luxo, procurou os chinelos com os pés. Só achou um.

– Quem é que levou meu chinelo daqui?

A família ao mesmo tempo espiou debaixo da mesa. Nada. Crispiniano queixou-se duramente da sorte e da vida e levantou-se.

– Não pise assim no chão, homem de Deus!

Pulando sobre um pé só foi até a salinha do piano. Jogou-se na cadeira de balanço. Começou a acariciar o pé descalço. A família sentou-se em torno com a cara da desolação.

– Pois é isso mesmo. Há espíritos nesta casa. E as cousas estão pretas. Eu nunca vi gente resistente como aquela da Secretaria! Há três anos que não morre um primeiro-escriturário!

Maria José murmurou:

– É o cúmulo!

Com o rosto escondido pelo jornal Aristides começou pausadamente:

– Falecimentos. Faleceu esta madrugada repentinamente em sua residência à Rua Capitão Salomão nº 135 o Senhor Josias de Bastos Guerra, estimado primeiro-escriturário da...

Crispiniano ficou pálido.

– Que negócio é esse? Eu não li isso não!

Fifí já estava atrás do Aristides com os olhos no jornal.

– Ora bolas! É brincadeira de Aristides, papai.

Aristides principiou uma risada irritante.

– Imbecil!

– Não sei por que...

– Imbecil e estúpido!

Da copa vieram gritos e latidos desesperados. Dona Sinhara (que ia também descompor o Aristides) foi ver o que era. E chegaram da copa então uivos e gemidos sentidos.

– O que é, Sinhara?

Não é nada. O Totónio brigando com Seu-Mé por causa do chinelo.

– Traga aqui o menino e ponha o cachorro no quintal!

O puxão nas orelhas do Totónio e a reconquista do chinelo fizeram bem a Crispiniano. Espreguiçou-se todo. Assobiou mas muito desafinado. Disse para Fifi:

– Toque aquela valsa do Nazaré que eu gosto.

– Que valsa?

– A que acaba baixinho.

Carlinhos fez o desaforo de sair tapando os ouvidos.

As meninas iam fazer o corso no automóvel das odaliscas. Ideia do Mário Zanetti pequeno da Fifi e primogênito louro do Seu Nicola da farmácia onde Crispiniano já tinha duas contas atrasadas (varizes da Sinhara e estômago do Aristides).

Dona Sinhara veio logo com uma das suas:

– No Brás eu não admito que vocês vão.

– Que é que tem de mais? No carnaval tudo é permitido...

– Ah! é? Eta falta de vergonha, minha Nossa Senhora!

Maria José (segunda-secretária da Congregação das Virgens de Maria da paróquia) arriscou uma piada pronominal:

– Minha ou nossa?

– Não seja cretina!

Jogou a fantasia no chão e foi para outra sala soluçando.

Totónio gozou esmurrando o teclado.

O contínuo disse:

– Macaco pelo primeiro.

Abaixou a cabeça vencido. Sim, senhor. Sim, senhor. O papel para informar ficou para informar. Pediu licença ao diretor. E saiu com uma ruga funda na testa. As botinas rangiam. Ele parava, dobrava o peito delas erguendo-se na ponta dos pés, continuava. Chiavam. Não há cousa que incomode mais. Meteu os pés de propósito na poça barrenta. Duas fantasias de odalisca. Duas caixas de bisnaga. Contribuição para o corso. Botinas de cinquenta mil-réis. Para rangerem assim. Mais isto e mais aquilo e o resto. O resto é que é o pior. Facada doída do Aristides. Outra mais razoável do Carlinhos. Serpentina e fantasia para as crianças. Também tinham direito. Nem carro de boi chia tanto. Puxa. E outras cousas. E outras cousas que iriam aparecendo.

Entrou no Monte de Socorro Federal.

Auxiliado pela Elvira o Totónio tanta malcriação fez, abrindo a boca, pulando, batendo o pé, que convenceu Dona Sinhara.

– Crispiniano, não há outro remédio mesmo: vamos dar uma volta com as crianças.

– Nem que me paguem!

O Totónio fantasiado de caçador de esmeraldas (sugestão nacionalista do Doutor Andrade que se formara em Coimbra) e a Elvira de rosa-chá ameaçaram pôr a casa abaixo. Desataram num choro sentido quebrando a resistência comodista (pijama de linho gostoso) de Crispiniano.

– Está bem. Não é preciso chorar mais. Vamos embora. Mas só até o Largo do Paraíso.

Na Rua Vergueiro Elvira de ventarola japonesa na mão quis ir para os braços do pai.

– Faça a vontade da menina, Crispiniano.

Domingo carnavalesco. Serpentinas nos fios da Light. Negras de confete na carapinha bisnagando carpinteiros portugueses no olho. O único alegre era o gordo vestido de mulher. Pernas dependuradas da capota dos automóveis de escapamento aberto. Italianinhas de braço dado com a irmã casada atrás. O sorriso agradecido das meninas feias bisnagadas. Fileira de bondes vazios. Isso é que é alegria? Carnaval paulista.

Crispiniano amaldiçoava tudo. Uma esguichada de lança-perfume bem dentro do ouvido direito deixou o Totónio desesperado.

– Vamos voltar, Sinhara?

– Não. Deixe as crianças se divertirem mais um bocadinho só.

Elvira quis ir para o chão. Foi. Grupos parados diziam besteiras. Crispiniano com o tranco do toureiro quase caiu de quatro. E a bisnaga do Totónio estourou no seu bolso. Crispiniano ficou fulo. Dona Sinhara gaguejou revoltada. Totónio abriu a boca. Elvira sumiu.

Procura-que-procura. Procura-que-procura.

– Tem uma menina chorando ali adiante.

Sob o chorão a chorona.

– O negrinho tirou a minha ventarola.

Voltaram para casa chispando.

Terça-feira entre oito e três quartos e nove horas da noite as odaliscas chegaram do corso em companhia do sultão Mário Zanetti.

Crispiniano com um arzinho triunfante dirigiu-lhes a palavra:

– Ora até que enfim! Acabou-se, não é assim? Agora estão satisfeitas. E temos sossego até o ano que vem.

As odaliscas cruzaram olhares desalentados. O sultão fingia que não estava ouvindo.

Maria José falou:

– Nós ainda queríamos ir no baile do Primor, papai...

Será possível?

– Hã? Bai-le do Pri-mor?

Dona Sinhara perguntou também:

– Que negócio é esse?

– É uma sociedade de dança, mamãe. Só famílias conhecidas. O Mário arranjou um convite pra nós...

Deixaram o sultão todo encabulado no tamborete do piano e vieram discutir na sala de jantar.

(Famílias distintas. Não tem nada demais. As filhas de Dona Ernestina iam. E eram filhas de vereador. Aí está. Acabava cedo. Só se o Crispiniano for também. Por nada deste mundo. Ora essa é muito boa. Pai malvado. Não faltava mais nada. Falta de couro isso sim. Meninas sem juízo. Tempos de hoje. Meninas sapecas. O mundo não acaba amanhã. Antigamente – hem Sinhara? – antigamente não era assim. Tratem de casar primeiro. Afinal de contas não há mal nenhum. Aproveitar a mocidade. Sair antes do fim. É o último dia também. Olhe o remorso mais tarde. Toda a gente se diverte. São tantas as tristezas da vida. Bom. Mas que seja pela primeira e última vez. Que gozo.)

No alto da escada dois sujeitos bastante antipáticos (um até mal-encarado) contando dinheiro e o aviso de que o convite custava dez mil-réis mas as damas acompanhadas de cavalheiros não pagavam entrada.

Tal seria. Crispiniano rebocado pelo sultão e odaliscas aproximou-se já arrependido de ter vindo.

– O convite, faz favor?

– Está aqui. Duas entradas.

O mal-encarado estranhou:

– Duas? Mas o cavalheiro não pode entrar.

Ah! Isso era o cúmulo dos cúmulos.

– Não posso? Não posso por quê?

— Fantasia obrigatória.

E esta agora? O sultão entrou com a sua influência de primo do segundo vice-presidente. Sem nenhum resultado. Crispiniano quis virar valente. Que é que adiantava? Fifi reteve com dificuldade umas lágrimas sinceras.

— Eu só digo isto: sozinhas vocês não entram!

O que não era mal-encarado sugeriu amável:

— Por que o senhor não aluga aqui ao lado uma fantasia?

Crispiniano passou a língua nos lábios. As odaliscas não esperaram mais nada para estremecer com pavor da explosão. Todos os olhares bateram em Crispiniano B. de Jesus. Porém Crispiniano sorriu. Riu mesmo. Riu. Riu mesmo. E disse com voz trêmula:

— Mas se eu estou fantasiado!

— Como fantasiado?

— De Cristo!

— Que brincadeira é essa?

— Não é brincadeira: é ver-da-de!

E fez uma cara tal que as portas do salão se abriram como braços (de uma cruz).

O LÍRICO LAMARTINE
(Desembargador Lamartine de Campos)

Desembargador. Um metro e setenta e dois centímetros culminando na careca aberta a todos os pensamentos nobres, desinteressados, equânimes. E o fraque. O fraque austero como convém a um substituto profano da toga. E os óculos. Sim: os óculos. E o anelão de rubi. É verdade: o rutilante anelão de rubi. E o todo de balança. Principalmente o todo de balança. O tronco teso, a horizontalidade dos ombros, os braços a prumo. Que é que carrega na mão direita? A pasta. A divina Temis não se vê. Mas está atrás. Naturalmente. Sustentando sua balança. Sua balança: o Desembargador Lamartine de Campos.

Aí vem ele.

Paletó de pijama sim. Mas colarinho alto.

— Joaquina, sirva o café.

Por enquanto o sofá da saleta ainda chega para Dona Hortênsia. Mas amanhã? No entanto o desembargador desliza um olhar untuoso sobre os untos da metade. O peso da esposa sem dúvida possível e o índice de sua carreira de magistrado. Quando o desembargador se casou (era promotor público e tinha uma capa espanhola forrada de seda carmesim) Dona Hortênsia pesava cinquenta e cinco quilos. Juiz municipal: Dona Hortênsia foi até sessenta e seis e meio. Juiz de direito: Dona Hortênsia fez um esforço e alcançou setenta e nove. Lista de merecimento: oitenta e cinco na balança da Estação da Luz diante de testemunhas. Desembargador: noventa e quatro quilos novecentas e cinquenta gramas. E Dona Hortênsia prometia ainda. Mais uns sete quilos (talvez nem tanto) o desembargador está aí está feito Ministro do Supremo Tribunal Federal. E se depois Dona Hortênsia num arranque supremo alargasse ainda mais as suas fronteiras nativas? Lamartine punha tudo nas mãos de Deus.

– Por que está olhando tanto para mim? Nunca me viu mais gorda?
– Verei ainda se a sorte não me for madrasta! Vou trabalhar.

A substância gorda como que diz: Às ordens.

Duas voltas na chave. A cadeira giratória geme sob o desembargador. Abre a pasta. Tira o Diário Oficial. De dentro do Diário Oficial tira O Colibri. Abre O Colibri. Molha o indicador na língua. E vira as páginas. Vai virando aceleradamente. Sofreguidão. Enfim: **Caixa do O Colibri**. Na primeira coluna: nada. Na segunda: nada. Na terceira: sim. Bem embaixo: **Pajem Enamorado** (São Paulo) – Muito chocho o terceto final do seu soneto **Segredos da Alcova**. Anime-o e volte querendo.

Não?

Segunda gaveta à esquerda. No fundo. Cá está.

Então beijando o teu corpo formoso Arquejo e palpito e suspiro e gemo Na doce febre do divino gozo!

Chocho?

Releitura. Meditação (a pena no tinteiro). Primeira emenda: mordendo em lugar de beijando.

Chocho?

Declamação veemente. Segunda emenda: lebre ardente em lugar de doce febre.

Chocho?

Mais alma. Mais alma.

A imaginação vira as asas do moinho da poesia.

O INGÊNUO DAGOBERTO
(Seu Dagoberto Piedade)

Diante da porta da loja pararam. Seu Dagoberto carregava o menorzinho. Silvana a maleta das fraldas. Nharinha segurava na mão do Polidoro que segurava na mão do Gaudêncio. Quim tomava conta do pacote de balas. Lázaro Salém veio correndo do balcão e obrigou a família a entrar.

Seu Dagoberto queria um paletó de alpaca. – A mulher queria um corte de cassa verde ou então cor-de-rosa. A filha queria uma bolsinha de couro com espelho e lata para o pó-de-arroz. O menino de dez anos queria uma bengalinha. O de oito e meio queria um chapéu bem vermelho. O de sete queria tudo.

É só escolher.

O menorzinho queria mamar.

– Leite não tem.

Não há nada como uma piada na hora para pôr toda a gente à vontade. Principalmente de um negociante como Lázaro Salém. Bateu nas bochechas do Gaudêncio. Deu uma bola de celulóide para o Quim. Perguntou para Silvana onde arranjou aqueles dentes de ouro tão bem-feitos. Estava se vendo que era ouro de dezoito quilates. Falou. Falou. Não deixou os outros falarem. Jurou por Deus.

Entre marido e mulher houve um entendimento mudo. E a família saiu cheinha de embrulhos. Em direção ao Jardim da Luz.

O pavão estava só à espera dos visitantes para abrir a cauda. O veadinho quase ficou com a mão do Gaudêncio. Os macacos exibiram seus melhores exercícios acrobáticos. Quando araponga inventa de abrir o bico só tapando o ouvido mesmo.

Depois o fotógrafo espanhol se aproximou de chapéu na mão. Seu Dagoberto concordou logo. Porém Silvana relutou. Tinha vergonha. Diante de tanta gente. Só se fosse mais longe. O espanhol demonstrou que o melhor lugar era ali mesmo ao lado da herma de Garibaldi general italiano muito amigo do Brasil. Já falecido não há dúvida. Acabou-se. Garibaldi sairia também no retrato. Nem se discute. A família deixou os pacotes no banco e se perfilou diante da objetiva. Parecia uma escada. O fotógrafo não gostou da posição. Colocou os pais nas pontas. Cinco passos atrás. Estudou o eleito. Passou os pais para o meio. Cinco passos atrás. Ótimo. Enfiou a cabeça debaixo do pano. Magnífico. Ninguém se mexia.

Atenção. Aí Juju derrubou a chupeta de bola e soltou o primeiro berro no ouvido paterno. Foi para os braços da mãe. Soltou o segundo. O fotógrafo quis acalmá-lo com gracinhas. Soltou o terceiro. Polidoro mostrou a bengalinha. Soltou o quarto. O grupo se desfez. Quinze minutos depois estava firme de novo às ordens do artista. O artista solicitou a gentileza de um sorriso artístico. Silvana pôs a mão na boca e principiou a rir sincopado. O artista teve a paciência de esperar uns instantes. Pronto. Cravaram os olhos na objetiva. O fotógrafo pediu o sorriso.

– O Juju também?

Polidoro (o inteligente da família) voou longe com o tabefe nas ventas.

Depois da sexta tentativa o retrato saiu tremido e o espanhol cobrou doze mil-réis por meia dúzia.

A família se aboletou no primeiro banco do caradura. Mas antes o Quim brigou com o Gaudêncio porque ele é que queria ir sentado. Com o beliscão maternal se conformou e ficou em pé diante do pai. O bonde partiu. Polidoro quis passar para a ponta para pagar as passagens. Mas olhou para o Quim ainda com as pestanas gotejando. Desistiu da ideia. E foi Seu Dagoberto mesmo quem pagou.

O bicho saiu de baixo do banco. Ficou uns segundos parado na beirada entre as pernas do sujeito que ia lendo ao lado de Seu Dagoberto. Quim viu o bicho mas ficou quieto. E o bicho subiu no joelho esquerdo do homem (o homem lendo, Quim espiando). Foi subindo pela perna. Alcançou a barriga. Foi subindo. Tinha um modo de andar engraçado. Foi subindo. Alcançou a manga do paletó. Parou. Levantou as asas. Não voou. Continuou a escalada. Quim deu uma cotovelada no estômago do pai e mostrou o bicho com os olhos. Seu Dagoberto afastou-se um pouquinho, bateu no braço de Silvana, mostrou o bicho com a cabeça. Silvana esticou o pescoço (o bicho já estava no ombro), achou graça, falou baixinho no ouvido do Gaudêncio. Gaudêncio deixou o colo da Nharinha, ficou em pé, custou a encontrar o bicho, encontrou, puxou o Polidoro pelo braço, apontou com o dedo. Polidoro viu o bicho bem em cima da gola do paletó do homem, não quis mais saber de ficar sentado. Então Nharinha fez também um esforço e deu com o bicho. Virou o rosto de outro lado e soltou umas risadinhas nervosas.

– Que é que você acha? Aviso?
– O homem é capaz de ficar zangado.
– É mesmo. Nem fale.

Na curva da gola o bicho parou outra vez. Nesse instante o Gaudêncio deu um berro:

– É aeroplano!

Todos abaixaram a cabeça para espiar o céu. O ronco passou. Então o Quim falou assustado:

– Desapareceu!

Olharam: tinha desaparecido.

– Entrou no homem, papai!

Seu Dagoberto assombrado examinou a cara do homem. Será? Impossível. Começou a ficar inquieto. Fez o Quim virar de todos os lados. Não. No Quim não estava.

– Olhe em mim.

Não. Nele também não estava.

– Veja no Juju, Silvana.

Não. No Juju também não estava. Ué. Mas será possível?

O Quim avisou:

– Apareceu!

Olharam: apareceu no colarinho do homem. Passeou pelo colarinho. Parou. Eta. Eta. Passou para o pescoço. O homem deu um tapa ligeiro. Todos sorriram.

Tinham chegado no Parque Antártica.

Polidoro não queria descer do balanço. Não queria por bem. Desceu por mal. Em torno da roda-gigante os águias estacionavam com os olhos nas pernas das moças que giravam. Famílias de roupa branca esmagavam o pedregulho dos caminhos. Nharinha de vez em quando dava uma grelada para O moço de lenço sulfurino com um cravo na mão. Juju começou a implicar com as valsas vienenses da banda. A galinha do caramanchão ficou com os duzentos réis e não pôs ovo nenhum. Foram tomar gasosa no restaurante. Seu Dagoberto foi roubado no troco. O calor punha lenços no pescoço de portugueses com o elástico da palheta preso na lapela florida. Quim perdeu-se no mundão que vinha do campo de futebol. O moço de lenço sulfurino encostou-se em Nharinha. Ela ficou escarlate que nem o cravo que escondeu dentro da bolsa.

No bonde Silvana disfarçadamente livrou os pés dos sapatos de pelica preta envernizada com tiras verdes atravessadas.

Depois do jantar (mal servido) Seu Dagoberto saiu do Grande Hotel e Pensão do Sol (Familiar) palitando os dentes caninos. Foi espairecer na Estação da Luz. Assistiu à chegada de dois trens de Santos. Acendeu um goiano. Atravessou a Rua José Paulino. Parou na esquina da Avenida Tiradentes. Sapeando o movimento. Mulatas riam com os soldados de folga. Dois homens bem trajados e simpáticos lhe pediram fogo. Dagoberto deu.

– Muito gratos pela sua gentileza.
– Não tem de quê.
– Está fazendo um calorzinho danado, não acha?
– É. Mas esta noite chove na certa.

Seu Dagoberto ficou sabendo que os homens eram de Itapira. Tinham chegado naquele mesmo dia as onze horas. E deviam voltar logo amanhã cedo e sem falta. Uma pena que ficassem tão pouco tempo. Seu Dagoberto com muito gosto lhes mostraria as belezas da cidade. Conversando desceram lentamente a Avenida Tiradentes. Na esquina da Cadeia Pública Seu Dagoberto trocou três camarões de duzentos e mais um relógio com uma corrente e três medalhinhas (duas de ouro) por oito contos de réis. E voltou para o Grande Hotel e Pensão do Sol (Familiar) que nem uma bala.

(Napoleão da Natividade filho tinha o hábito feio de coçar a barriga quando se afundava na rede de pijama e chinelo sem meia. A mulher – a segunda, que a primeira morrera de uma moléstia no fígado – preferia a cadeira de balanço.

– Você me vê os óculos por favor?

O melhor deste jornal são os títulos. – A gente sabe logo do que se trata. Foi **Buscar Lã..., Quem Com Ferro Fere..., Amor e Morte**. Aquela miséria de sempre. Aquela miséria de sempre. Aquela miséria de... **mais um!** Mas então os trouxas não acabam mesmo.

Depois que ficou ciente da abertura do inquérito a mulher concordou:
– Parece impossível!
– Nada é impossível.

A dissertação sobre a bobice humana foi feita com os óculos na testa.)

A indignação de Silvana não conheceu limites.
– Seu bocó! Devia ter contado o dinheiro na frente dos homens! Seu besta!

A filharada não dava um pio. Nem Seu Dagoberto.
– Não merece a mulher que tem! Seu fivela!

Seu Dagoberto custou mas foi perdendo a paciência e tirando o paletó.
– Seu burro! Seu caipira!

Aí Seu Dagoberto não aguentou mais. Avançou para a mulher mordendo os bigodes. Nharinha aos gritos se pôs entre os dois de braços abertos. Os meninos correram para o vão da janela.

– Venha, seu pindoba! Venha que eu não tenho medo!

O pindoba se conteve para evitar escândalos. Vestiu o paletó. Fincou o chapéu na testa. Roncou feio. Só vendo o olhar. Bateu a porta com toda a força. Tornou a abrir a porta. Pegou o bengalão que estava em cima da cama. Saiu sem fechar a porta.

Tarde da noite voltou contente da vida. Contando uma história muito complicada de mulheres e de um tal Claudionor que sustentava a família. Queria beijar Silvana no cangote cheiroso. Chamando-a de pedaço. E gritava:

– Também não quero saber mais dela!

Silvana deu um tranco nele. Ele foi e caiu atravessado na cama. Caiu e ferrou no sono.

Quando chegou o dinheiro para a conta do hotel e a viagem de volta Silvana pegou numa nota de cinco mil-réis, entregou por muito favor ao marido e escondeu o resto.

Depois chamou a Nharinha para ajudar a aprontar as malas. À voz de aprontar as malas Nharinha rompeu numa choradeira incrível. Já estava se acostumando com a vida da cidade. Frisara os cabelos. Arranjara um andarzinho todo rebolado. Vivia passando a língua nos lábios. Comprara o último retrato de Buck Jones. E alimentava uma paixão exaltada pelo turco da Rua Brigadeiro Tobías n.º 24-D sobrado. Só porque o turco usava costeletas. Um perigo em suma.

Mas a mãe pôs as mãos nas cadeiras e fungou forte. Quando Silvana punha as mãos nas cadeiras e fungava forte a família já ficava avisada: era inútil qualquer resistência. Inútil e perigosa.

Nharinha perdeu logo a vontade de chorar. Em dois tempos as malas de papel-couro e o baú cor-de-rosa com passarinhos voando de raminho no bico ficaram prontos.

A família desceu. Silvana pagou a conta. A família já estava na porta da rua quando Seu Dagoberto largou o baú no chão e deu de procurar qualquer cousa apalpando-se todo. A família escancarou os olhos para ele interrogativamente. Seu Dagoberto cada vez mais aflito acelerava as apalpadelas. De repente abriu a boca e disparou pela escada acima. Voltou todo pimpão com um bolo de recortes de jornal e bilhetes de loteria na mão. Silvana compreendeu. Ficou verde de raiva. Ia se dar qualquer desgraça. Porém ficou quieta. Fungou só um instantinho. Depois intimou:

– Vamos!

Aí o proprietário do hotel perguntou limpando as unhas para onde seguia a família. Aí Silvana não se conteve desviou o nariz da mão do Juju e respondeu bem alto para toda a gente ouvir:

– Pro inferno, Seu Roque!

Aí Seu Roque fez que sim com a cabeça.

O AVENTUREIRO ULISSES
(Ulisses Serapião Rodrigues)

Ainda tinha duzentos réis. E como eram sua única fortuna meteu a mão no bolso e segurou a moeda. Ficou com ela na mão fechada.

Nesse instante estava na Avenida Celso Garcia. E sentia no peito todo o frio da manhã.

Duzentão. Quer dizer: dois sorvetes de casquinha. Pouco.

Ah! muito sofre quem padece. Muito sofre quem padece? É uma canção de Sorocaba. Não. Não é. Então que é? Mui-to so-fre quem pa-de-ce. Alguém dizia isto sempre. Etelvina? Seu Cosme? Com certeza Etelvina que vivia amando toda a gente. Até ele. Sujeitinha impossível. Só vendo o jeito de olhar dela.

Bobagens. O melhor é ir andando.

Foi.

Pé no chão é bom só na roça. Na cidade é uma porcaria. Toda a gente estranha. É verdade. Agora é que ele reparava direito: ninguém andava descalço. Sentiu um mal-estar horrível. As mãos a gente ainda escondia nos bolsos. Mas os pés? Cousa horrorosa. Desafogou a cintura. Puxou as calças para baixo. Encolheu os artelhos. Deu dez passos assim. Pipocas. Não dava jeito mesmo. Pipocas. A gente da cidade que vá bugiar no inferno. Ajustou a cintura. Levantou as calças acima dos tornozelos. Acintosamente. E muito vermelho foi jogando os pés na calçada. Andando duro como se estivesse calçado.

– *Estado! Comércio! A Folha!* Sem querer procurou o vendedor. Olhou de um lado. Olhou de outro.

– *Fanfulla! A Folha!*

Virou-se.

– *Estado! Comércio!*

Olhou para cima. Olhou longe. Olhou perto.

Diacho. Parece impossível.

– *São Paulo-Jornal!*

Quase derrubou o homem na esquina. O italiano perguntou logo:

– Qual é?

Atrapalhou-se todo:

– Eu não sei não senhor.

– Então leva *O Estado!*

Pegou o jornal. Ficou com ele na mão feito bobo.

– Duzentos!

Quase chorou. O homem arrancou-lhe a moeda dos dedos que tremiam. E ele continuou a andar. Com o jornal debaixo do braço. Mas sua vontade era voltar, chamar o homem, devolver o jornal, readquirir o duzentão. Mas não podia. Por que não podia? Não sabia. Continuou andando. Mas sua vontade era voltar. Mas não podia. Não podia. Não podia. Continuou andando.

Que remédio senão se conformar? Não tomava sorvete. Dois sorvetes. Dois. Mas tinha *O Estado*.

O Estado de São Paulo. Pois é. O jornal ficava com ele. Mas para quê, meu Espírito Santo? Engoliu um soluço e sentiu vergonha.

Nesse instante já estava em frente do Instituto Disciplinar.

Abaixou-se. Catou uma pedra. Pá! Na árvore. Bem no meio do tronco. Catou outra. Pá! No cachorro. Bem no meio da barriga. Direção assim nem a do Cabo Zulmiro. Ficou muito, mas muito contente consigo mesmo. Cabra bom. E isso não era nada. Há dois anos na Fazenda Sinhá-Moça depois de cinco pedradas certeiras o doutor delegado (o que bebia, coitado) lhe disse: Desse jeito você poderá fazer bonito até no estrangeiro!

Eta topada. A gente vai assim pensando em cousas e nem repara onde mete o pé. É topada na certa. Eh! Eh! Topada certeira também. Puxa. Tudo certeiro.

Agora não é nada mau descansar aqui à sombra do muro.

O automóvel passou com poeira atrás. Diabo. Pegou num pauzinho e desenhou um quadrado no chão vermelho. Depois escreveu dentro do quadrado em diagonal: **Saudade – 1927.** Desmanchou tudo com o pé. Traçou um círculo. Dentro do círculo outro menor. Mais outro. Outro.

Ainda outro bem pequetitito. Ainda outro: um pontinho só. Não achou mais jeito. Ficou pensando, pensando, pensando. Com a ponta do cavaco furando o pontinho. Deu um risco nervoso cortando os círculos e escreveu fora deles sem levantar a ponta: **fim**. Só que escreveu com n. E afundou numa tristeza sem conta.

Cinco minutos banzados.

E abriu o jornal. Pulou de coluna em coluna. Até os olhos da Pola Negri nos anúncios de cinema. Boniteza de olhos. Com o fura-bolos rasgou a boca, rasgou a testa. Ficaram só os olhos. Deu um soco: não ficou nada. Jogou o jornal. Ergueu-o novamente. Abriu na quarta página. E leu logo de cara: **Ulisses Serapião Rodrigues**: *No dia 13 do corrente desapareceu do Sítio Capivara, município de Sorocaba, um rapaz de nome Ulisses Serapião Rodrigues tomando rumo ignorado. Tem 22 anos, é baixo, moreno carregado e magro. Pode ser reconhecido facilmente por uma cicatriz que tem no queixo em forma de estrela. Na ocasião de seu desaparecimento estava descalço, sem colarinho e vestia um terno de brim azul-pavão. Quem souber do seu paradeiro tenha a bondade de escrever para a Caixa Postal 170 naquela cidade que será bem gratificado.*

Cousas assim a gente lê duas vezes. Leu. Depois arrancou a notícia do jornal. E foi picando, picando, picando até não poder mais. O vento correu com os pedacinhos.

Então ele levou a mão no queixo. Esfregou. Esfregou bastante. Levantou-se. Foi andando devagarzinho. Viu um sujeito a cinquenta metros. Começou a tremer. O sujeito veio vindo. Sempre na sua direção. Quis assobiar. Não pôde. Nunca se viu ninguém assobiar de mão no queixo. O sujeito estava pertinho já. Pensou: Quando ele for se chegando eu cuspo de lado e pronto. Começou a preparar a saliva. Mas cuspir é ofensa. Engoliu a saliva. O sujeito passou com o dedo no nariz. Arre. Tirou a mão do queixo. Endireitou o corpo. Apressou o passo. Foi ficando mais calmo. Até corajoso.

Parou bem juntinho dos Operários da Light.

O mulato segurava no pedaço de ferro. O estoniano descia o malho: pan! pan! pan! E o ferro ia afundando no dormente. Nem o mulato nem o estoniano levantaram os olhos. Ele ficou ali guardando as pancadas nos ouvidos.

O mulato cuspiu o cigarro e começou:

Mulher, a Penha está aí, Eu lá não posso...

Que é que deu nele de repente?
– Seu moço! Seu moço!
A canção parou.
– Faz favor de dizer onde é que fica a Penha?
O mulato levantou a mão:
– Siga os trilhos do bonde!
Então ele deu um puxão nos músculos. E seguiu firme com os olhos bem abertos e a mão no peito apertando os bentinhos.

A PIEDOSA TERESA
(Dona Teresa Ferreira)

Atmosfera de cauda de procissão. Bodum.

Os homens formam duas filas diante do altar de São Gonçalo. São Gonçalo está enfaixado como um recém-nascido. Azul e branco. Entre palmas-de-são-josé. Estrelas prateadas no céu de papel de seda.

Os violeiros puxando a reza e encabeçando as filas fazem reverências. Viram-se para os outros. E os outros dançam com eles. Bate-pé no chão de terra socada. Pan-pan~pan-pan! Pan-pan! Pan Pan-pan-pan-pan! Pan-pan! Param de repente.

Para bater palmas. Pla-pla-pla-plá! Pla-plá Plá! Pla-pla-pla-plá! Pla-plá! Param de repente.

Para os violeiros cantarem, viola no queixo:

>   É este o *primero velso*
>   *Qu'eu canto pra São Gonçalo*
>   – *Senta ai mesmo no chão, Benedito.*
>   *Tu não é mió que os outro, diabo!*
>   É este o *primero velso*
>   *Qu'eu canto pra São Gonçalo*

E o coro começa grosso, grosso. Rola subindo. Desce fino, fino. Mistura-se. Prolonga-se. Ooôh! Aaaah! ôaaôh! Ôaiiiih! Um guincho!

O violeiro de olhos apertados cumprimenta o companheiro. E marcha seguido pela fila. Dá uma volta. Reverências para a direita. Reverências para a esquerda. Ninguém pisca. Volta para seu lugar.

– Entra, Seu Casimiro!

O japonês Kashamira entra com a mulher e o filhinho brasileiros de roupa de brim. Inclina-se diante de São Gonçalo. Acocora-se.

O acompanhamento das violas feito de três compassos não cansa. Nos cantos sombreados os assistentes têm rosário nas mãos. No centro da sala de cinco por quatro a lâmpada de azeite dança também.

Minha boca está cantando
Meu coração lhe adorando

Cabeças mulatas espiam nas janelas. A porta é um monte de gente. Dona Teresa, desdentada, recebe os convidados.

– Não vê que meu defunto Seu Vieira tá enterrado já há dois ano... Faiz mesmo dois ano agora no Natar.

Pan-pan-pan-pan! Pan-pan! Pan!

– A arma dele tá penando aí por esse mundo de Deus sem podê entrá no céu.

Pla-pla-pla-plá! Pla-plá!

– Eu antão quis fazê esta oração pra São Gonçalo deixá ele entrá.

Vou mandá fazê um barquinho
Da raiz do alecrim

O menino de oito anos aumenta a fila da direita. A folhinha da parede é uma paisagem de neve. Mas tem um sol. E o guerreiro com uma bandeirinha auriverde no peito espeta o sol com a espada. **Empório Tuiuti.**

Pra embarcá meu São Gonçalo
Do promá pro seu jardim

Desafinação sublime do coro. Os rezadores sacodem o corpo. Trocam de posição. Enfrentam-se. Dois a dois avançam, cumprimento aqui, cumprimento ali, tocam-se ombro contra ombro, voltam para os seus lugares. O negro de pala é o melhor dançarino da quadrilha religiosa.

São Gonçalo é um bom santo
Por livrá seu pai da forca

Só a casinha de barro alumiando a escuridão.

– Não vê que o Crispim também pegou uma doença danada. Não havia jeito de sará. O coitado quis até se enforcá num pé de bananeira!

Dona Teresa é viuva. Viúva de um português. Mas nem oito dias passados Dona Teresa se ajuntou com o Crispim. A filhinha dela ri enleada e é namorada de um polaco. Na Fazenda Santa Maria está sozinha pela sua boniteza. Dona Teresa cuida da alma do morto e do corpo do vivo. No carnaval deste ano organizou um cordão. Cordão dos Filhos da Cruz. Dona Teresa é pecadora mas tem sua religião. Todos gostam dela em toda a extensão da Estrada da Cachoeira. Dona Teresa é jeitosa, consegue tudo e ainda por cima é pagodeira.

Artá de São Gouçalo
Artá de nossa oração

– Nóis antão fizemo uma promessa que se Crispim sarasse nóis fazia esta festinha.

Foi promessa que sarando
Será seu precuradô

As violas têm um som, um som só. É proibido fumar dentro da sala. Chega gente.

São Gonçalo tava longe
De longe já tá bem perto

Um a um curvam-se diante do altar. O violeiro de olhos apertados está de sobretudo. Negros de pé no chão.

Nóis tamo memo emprestado neste mundo.

Cantando cruzam a salinha quente.

Amor castiga a gente. Olhe a Rosa que não quis casar com o sobrinho do poceiro. Não houve conselho de mãe, não houve ameaça de pai nem nada. Fincou o pé. E fugiu com o italiano casado carregado de filhos. Um até de mama. Não tinham parada. Agora, agora está aí judiada com o ventre redondo. São Gonçalo tenha dó da coitada.

Abençoada seja a união
Que enfeitô este oratório

O preto de pala dá um tropicão engraçado. E a mulher de azul-celeste dá urna risada sem respeito. O bico do peito escapuliu da boca do filho.

Da dança de São Gonçalo
Ninguém deve caçoá

Oooôh Aaaah! ôaiiiih!

São Gonçalo é vingativo
Ele pode castigá

Silêncio na assistência descalça. As bandeirinhas de todas as cores riscam um x em cima dos dançarinos. Atrás da casa tem cachaça do Corisco.

– Depois é a veiz das moça. Quem quisé pode pegá o santo e dançá com ele encostado no lugá doente.

Onde chega os pecadô
Ajoeai pedi perdão

O estouro dos foguetes ronca no vale fundo. Anda um ventinho frio cercando a casa.

São Gonçalo tá sentado
Com sua fita na cintura

O caboclo louro puxa a faca e esgaravata o dedão do pé.

– São seis reza de hora e meia cada mais ou menos. Pro santo ficá satisfeito.

Lá no céu será enfeitado
Pla mão de Nossa Sinhora

Pan-pan-pan-pan!
Pan-pan! Pla-pla-pla-plá!
Plaplá! Plá! Pla-pla-pla-plá!

Oratório tão bonito
Cuma luz a alumiá

De cima do montão de lenha a gente vê São Paulo deitada lá embaixo com os olhos de gato espiando a Serra da Cantareira. Nosso céu tem mais estrelas.

São Gonçalo foi em Roma
Visitá Nosso Sinhô

Dona Teresa parece uma pata.

– Só acaba aminhã, sim sinhô! Vai até o meio-dia, sim sinhô! E acaba tudo ajoeiado, sim sinhô!

Ooôh! Aaaah! ôaaôh! ôaôaiiih! Primeiro é órgão. Cantochão. Depois carro de boi. No finzinho então.

Sinhora de Deus convelso
Padre Filho Espírito Santo

Quem guincha é mesmo o caipira de bigodes exagerados.

O TÍMIDO JOSÉ
(José Borba)

Estava ali esperando o bonde. O último bonde que ia para a Lapa. A garoa descia brincando no ar. Levantou a gola do paletó, desceu a aba do chapéu, enfiou as mãos nos bolsos das calças. O sujeito ao lado falou: O nevoeiro já tomou conta do Anhangabaú. Começou a bater com os pés no asfalto molhado. Olhou o relógio: dez para as duas. A sensação sem propósito de estar sozinho, sozinho, sem ninguém, é o que o desanimava. Não podia ficar quieto. Precisava fazer qualquer cousa. Pensou numa. Olhou o relógio: sete para as duas. Tarde. A Lapa é longe. De vez em quando ia até o meio dos trilhos para ver se via as luzinhas do bonde. O sujeito ao lado falou: É bem capaz de já ter passado. Medindo os passos foi até o refúgio. Alguém atravessou a praça. Vinha ao encontro dele. Uma mulher. Uma mulher com uma pele no pescoço. Tinha certeza que ia acontecer alguma cousa. A mulher parou a dois metros se tanto. Olhou para ele. Desviou os olhos, puxou o relógio.

– Pode me dizer que horas são?
– Duas. Duas menos três minutos.

Agradeceu e sorriu. Se o Anísio estivesse ali diria logo que era um gado e atracaria o gado. Ele se afastou. Disfarçadamente examinava a mulher. Aquilo era fácil. O Anísio? O Anísio já teria dado um jeito. Na boca é que a gente conhece a sem-vergonhice da mulher. Parecia nervosa. Abriu a bolsa, mexeu na bolsa, fechou a bolsa. E caminhou na direção dele. Ele ficou frio sem saber que fazer. Passou ralando sem um olhar. Tomou o viaduto. O bonde vinha vindo. O nevoeiro atrapalhava a vista mas parece que ela olhou para trás. Mais uns segundos perdia o bonde. O último bonde que ia para a Lapa. Achou que era uma besteira não ir dormir. Resolveu ir. O bonde parou diante do refúgio. Seguiu. Correndo um bocadinho ainda pegava. Agora não pegava mais nem que disparasse. Ficar com raiva de si mesmo é a cousa pior deste mundo. Pôs um cigarro na boca. Não tinha fósforos. Virando o cigarro nos dedos seguiu pelo viaduto. Apressou o passo. Não se enxergava nada. De repente era capaz de esbarrar com a mulher. Tomou a outra calçada. Esbarrar não. Mas precisava encontrar. Afinal de contas estava fazendo papel de trouxa.

Quem sabe se seguiu pela Rua Barão de Itapetininga? Mais depressa não podia andar. Garoar, garoava sempre. Mas ali o nevoeiro já não era tanto felizmente. Decidiu. Iria indo no caminho da Lapa. Se encontrasse a mulher bem. Se não encontrasse paciência. Não iria procurar. Iria é para casa. Afinal de contas era mesmo um trouxa. Quando podia não quis. Agora que era difícil queria.

Estava parada na esquina. E virada para o lado dele. Foi diminuindo o andar. Ficou atrás do poste. Procurava ver sem ser visto. Alguma cousa lhe dizia que era aquele o momento. Porém não se decidia e pensava no bonde da Lapa que já ia longe. Para sair dali esperava que ela andasse. Impacientava-se. **Barbearia Brilhante**. Dezoito letras. Se continuava parada é que esperava alguém. Se fosse ele era uma boa maçada. Sua esperança estava na varredeira da Limpeza Pública que vinha chegando. A poeira a afugentaria. Nem se lembrava de que estava garoando. Pôs o lenço no rosto.

A mulher recomeçou a andar. Até que enfim. E ele também rente aos prédios. Agora já tinha desistido. Viu as horas: duas e um quarto. Antes das três e meia não chegaria na Lapa.

Talvez caminhando bem depressa. Precisava desviar da mulher senão era capaz de parar de novo e pronto. Daria a volta na praça. Ela tinha tomado a rua do meio. Então reparou que outro também começara a seguir a sujeita. Um tipo de capa batendo nos calcanhares e parecia velho. Primeiro teve curiosidade. Curiosidade má. Depois uma espécie de despeito, de ciúme, de orgulho ferido, qualquer cousa assim. Nem ele nem ninguém. Cada vez apressava mais o passo. O tipo parou para acender um cigarro. Era velho mesmo, tinha bigodes brancos caídos, usava galochas e se via na cara a satisfação. Não. Isso é que não. Nem ele nem o velho nem ninguém. Nem que tivesse que brigar. Mas por que não ele mesmo? Resolveu: seria ele mesmo.

Via a ponta da pele caída nas costas. De repente ela parou e sentou-se num banco. Sentia o velho rente. E agora? Fez um esforço para que as pernas não parassem. A mulher virou o rosto na direção dele. Quem é que estava olhando? O velho? Mas a sujeita endireitou logo o rosto, abaixou a cabeça. Vai ver que o olhava sem ver. Passou como um ladrão, o coração batendo forte e sentou-se dois bancos adiante. Prova de audácia sim. Mas não podia ser de outro modo. O velho também passou, passou devagarzinho, depois de passar ainda se virou mas não parou. Tinha receio de suportar o olhar do velho. Começou a passar o lenço no rosto. Já era pavor mesmo. Por isso tremia. O velho continuou. Dava uns passos, virava para trás, andava mais um pouquinho, virava de novo. No fim da praça ficou encostado numa árvore.

A sujeita se levantou, deu um jeito na pele, veio vindo. Com toda a coragem a fixava. Impossível que deixasse escapar de novo a ocasião. Bastaria um sorrisozinho. Mas nem um olhar quanto mais um sorriso. Mulher é assim mesmo: facilita, facilita até demais e depois nada. Só dando mesmo pancada como recomendava o Anísio. Bombeiro é que sabe tratar mulher. Já estava ali mesmo: seguiu-a. O velho estava esperando com todo o cinismo. O gozo dele foi que quando ela ia chegando pegou outra rua do jardim e o velho ficou no ora veja. Vá ser cínico na praia. Não é que o raio da sujeita apressou o passo? Melhor. Quanto mais longe melhor. Preferia assim porque no fundo era um trouxa mesmo. Reconhecia.

Ela esperou que o automóvel passasse (tinha mulheres dentro cantando) para depois atravessar a rua correndo e desaparecer na esquina. Então ele quase que corria também. Dobrou a esquina. Um homem sem chapéu e sem paletó (naquela umidade) gritava palavrões na cara da sujeita que chorava. À primeira vista pensou até que não fosse ela. Mas era. Dando com ele o homem segurou-a por um braço (ela dizia que estava doendo) e com um safanão jogou-a para dentro do portão. E fechou o portão imediatamente. Uma janela se iluminou na casinha cinzenta. Ficou ali de olhos esbugalhados Alguém dobrou a esquina. Era o velho. Maldito velho. Então seguiu. E o outro atrás.

Nem tinha tempo de pensar em nada. Lapa. Lapa. Puxou o relógio: vinte e cinco para as três. Um quarto para as quatro em casa. E que frio. E o velho atrás. Virou-se estupidamente. O velho fez-lhe um sinal. O quê? Não queria conversa. Não falava com quem não conhecia. Cada pé dentro de um quadrado no cimento da calçada. Assim era obrigado a caminhar ligeiro.

– Faz favor, seu!

Favor nada. Mas o velho o alcançou. Não podia deixar de ser um canalha.

– Diga uma cousa: conhece aquele xaveco?

Fechou a cara. Continuou como se não tivesse ouvido. Mas o homem parecia que estava disposto a acompanhá-lo. Parou. Perguntou desesperado:

– Que é que o senhor quer?

Por mais um pouco chorava.

– Onde é que ela mora?

– Não sei! Não sei de nada!

O velho começou a entrar em detalhes indecentes. Não aguentou mais, fez um gesto com a mão e disparou. Ouvia o velho dizer: Que é que há? Que é que há? Corria com as mãos fechando a gola do paletó. Só depois de muito tempo pegou no passo de novo. Porque estava ofegante a garganta doía com o ar da madrugada. Lapa. Lapa. E pensava: A esta hora é capaz de ainda estar apanhando.

AUTOR

Antônio Castilho de Alcântara Machado d'Oliveira nasceu em 25/5/1901, em São Paulo, e faleceu em 14/4/1935 na capital do Rio de Janeiro. Filho do escritor Antônio de Alcântara Machado, membro da Academia Brasileira de Letras (ABL), formou-se em Direito no Largo São Francisco em 1924. Sua estreia na literatura ocorreu em 1926 com a publicação do romance *Pathé Baby*, prefaciado pelo escritor Oswald de Andrade, com o qual participou, em 1928, da "primeira dentição" da Revista de Antropofagia. Ao lado do também escritor modernista Paulo Prado, fundou a revista *Terra Roxa e Outras Terras* e com Mário de Andrade dirigiu a *Revista Hora*. Sua intensa atividade em diários paulistanos teve início como crítico teatral no Jornal do Commércio. Entre seus trabalhos em prosa estão *Laranja da China* (1928), *Contos avulsos*, *Mana Maria*, este um romance inacabado e publicado postumamente (1936), como o ensaio *Cavaquinho e saxofone*, só editado em 1940.

Aspecto dos mais relevantes em seu trabalho é a inovação, incorporando a seus textos anúncios de jornal, letras de música, dizeres ouvidos de torcidas de futebol e cartazes de rua, sempre com o objetivo de aproximá-los da realidade do espaço urbano dos moradores de São Paulo.

No texto que imortalizou seu nome na literatura brasileira, *Brás, Bexiga e Barra Funda*, de 1927, ele dá voz aos ítalo-paulistas, explorando a complexidade da alma daqueles que, ao adotarem uma nova pátria, se fixaram sobretudo nos bairros mencionados no título, compondo a maior parcela do operariado brasileiro do início do século XX, e mudaram a paisagem urbana. Nesta obra, encontra-se um universo único em seus aspectos sociais, morais, culturais e linguísticos.

Impressão e Acabamento
Gráfica Oceano